Fan
ファン文庫

こんこん、いなり不動産

著

マイナビ出版

Konkon Inarihudosan

CONTENTS

ここは、いなり不動産

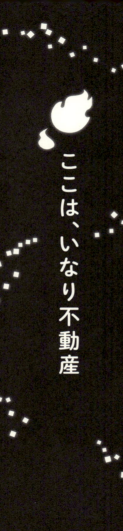

四月の終わり、日もすっかり落ちた夜のはじまりの頃の公園で、藤代亜子《ふじしろあこ》はブランコを揺らしていた。

涙と鼻水で化粧は落ち、顔はぐしゃぐしゃだ。

スーツ姿で泣きながらブランコをこぐ女。

傍目には、かなり怪しいに違いない。

でも、今の亜子には、そんなことに構っている余裕はない。真冬の手入れ不足のかかとのように心がガサガサして、泣かずにはいられなかったのだ。

その日の亜子は、まるでツイていなかった。

まず、三ヶ月連続で契約ノルマを達成できなかったということで、朝から支店長にこっぴどく怒られた。

仕方がない。それは亜子が悪かったといえるだろう。会社だって、慈善事業で亜子に給料を払っているわけではないのだから。成果をあげられなければ、注意を受けるのは当然だ。でも、そのあとがよろしくなかった。

「残ったのが、お前じゃあな」——三年先輩の戸塚《とつか》という社員に、そう言われたのだ。

亜子が身を置く『駅チカ不動産』では、「半年続けば大したもの」と言われている。

そして、その通り、亜子の周りでは新入社員として入社して半年以内に同期の数は半数以下になった。

その後も順調に数を減らしていき、先月ついに、最後のひとりだった同期が辞めてしまった。入社して三年目で、亜子は同期をすべて失ったのだ。

「まあ、お前みたいに仕事できないやつ、いてもいなくても関係ないけどな」

ニヤニヤしながら戸塚に言われ、亜子は何も言い返せなかった。

まったくもって、その通りだからだ。

その戸塚が、亜子の仕事を邪魔している張本人でなければ。

戸塚はかなり仕事ができる男だ。接客態度はよく、フットワークも軽いため、いつもトップの契約件数を誇る。

その反面、事務的な処理は一切、やらない。裏方仕事のすべてを、亜子たち後輩社員に押しつけている。

最初は、自分で契約を取れなくてもそういった事務処理を覚えられると、前向きにとらえていた。

でも、そうやって戸塚に押しつけられた仕事に追われるうちに、自分の契約が取れないことに亜子は気がついた。

亜子のいる会社には、毎月達成すべきノルマがある。自分でお客さんを接客して案内して賃貸借契約を結んでもらえなければ、当然そのノルマは達成できない。

だから、亜子は頑張った。戸塚に仕事を押しつけられないようになるべくかわし、もし押しつけられてしまった場合は素早く片づけた。そして積極的に接客をして、物件に案内。あるときはその物件をしっかりセールスし、またあるときは家主と賃料の値下げ交渉をして、とにかく部屋の契約を結んでもらえるよう尽力した。

わりと夢見がちでワガママなお客さんであっても、亜子はできるかぎり要望に近い部屋を探すよう努めた。

それで何とか、ノルマを達成しようとした。

でも、亜子がそうやって熱心に接客し、あとは契約書を交わすだけになったお客さんを、戸塚は横からひょいとさらってしまうのだ。

たとえば、接客中に亜子あての来客があったり、電話が鳴ってどうしても亜子が出なければならなかったりしたときに。そうして亜子が用事を済ませて接客カウンターに戻ったときには、亜子のお客さんは戸塚と契約の話をしているのだ。

お客さんにとっては、誰が接客しようと部屋が借りられればそれでいい。

だからいつも、最終的に戸塚に美味しいところを持っていかれてしまう。

つまり、戸塚の抜群の営業成績は、そんなふうに築かれているのだ。

そのことで、戸塚が上から何か言われるようなことはない。営業成績のいい彼は、会社にとって必要な人材なのだから。

そして、ノルマを達成できない亜子は、いらない存在だった。

「勝てば官軍かよー……もー……」

流れ続ける涙を手の甲でグシグシと拭いながら、亜子はブランコを揺らした。日頃あまり子供が訪れることがない寂れた公園の遊具は手入れもされておらず、ブランコはキィキィと耳障りな音を立てる。その音とあいまって、亜子の姿には哀愁が漂う。

亜子も、怒られて凹むばかりではない。戸塚に手柄を横取りされて、悔しがるばかりではない。

何とか立ち直ろうと、今日だって朝から接客を頑張った。開店して一番にやってきたお客さんを接客しようと、誰よりも早くカウンターに走り寄り、出迎えた。

そして、そのお客さんの望むまま家を探し、案内した。

「たくさん見てから決めてもいいですか？」――お客さんにそう言われ、亜子はとにかく多くの物件に案内した。そのお客さんは予算が高めの設定で、決まれば大口の契約になるとふんだのだ。

でも結局、契約には至らなかった。

「じゃあまた、引っ越ししたい気分になったら来ますね」――お客さんはそう言い残して帰っていった。つまり、冷やかしだったのだ。

開店すぐから昼休みを返上して五時間も相手をしたのに……。

そうはいっても、不動産会社の社員を足代わりにして物件めぐりとドライブを楽しむ困った客というのは、別にめずらしくはない。そういうハズレの中から、本当のお客さんを見極め、引き当てるのも必要な技術だ。それに無碍《むげ》に追い返すこともできないし、いつか本当のお客さんになってくれる人がいないわけでもない。

だから、いつもなら亜子も笑って済ませることができたのだ。

「やられちゃいました」なんてほかの社員と話のネタにして、鍵を貸してくれた他社に電話をかけて、「今回はご契約には至りませんでした。またご紹介させてください」と詫びを入れて。

それで気を取り直して、問い合わせメールなんかを確認しながら、残りの時間にやってきたお客さんを接客する機会を待つのが普段のことだった。

でも、その日はいつも通りにはできなかった。朝からいろいろ嫌なことがありすぎて、もしくはもう長い時間をかけて気がつかないうちにストレスが降り積もっていて、亜子は会社で泣きそうになってしまった。

たぶん、限界だったのだ。
あまり休みもない仕事で、気分転換もろくにできず、亜子の心は少しずつすり減って
いた。そのすり減ってすり減ってボロボロになっていた心を癒やすために、亜子の心は
勝手に泣いてしまっていた。
「今日はこれから、お客さんを案内して直帰します」――何とか泣くのをこらえて、
亜子はそう嘘をついて会社を出た。これは、どうしてものときの裏技だと、優しい先輩
が以前教えてくれたのだ。真面目というか不器用な亜子は、なかなか使う機会に恵まれ
なかった。そして、この技を教えてくれた先輩も、もう辞めてしまった……。
裏技を使って会社を出た亜子だったけれど、どこか行きたい場所があったわけでもな
く、やみくもに車を走らせるしかなかった。
でも、遠くに行く気にもなれなくて、結局よく案内するエリアを適当に走って、こう
して寂れた公園にたどり着いてしまったというわけだ。
「どうしよっかなあ……」
涙がようやくおさまった亜子は、そんなふうに呟いた。
そんなことを言ったって、返してくれる人は誰もいない。それに〝どうしよう〟とは、
一体何を指しているのだろうと、自分の発言に内心ツッコミを入れてしまった。

今日これから、〝どうしよう〟なのか。

今後の人生を〝どうしよう〟なのか。

どちらも、何も明るい考えは浮かばなかった。

亜子だって、わかっているのだ。こんなふうに辛いのなら、辞めてしまえばいいと。

自分に不動産業が向いているとは思っていない。しがみつく理由もない。それに、引き止められるとも、間違っても思えない。

でも、このまま辞めてしまうのは、癪《しゃく》だった。

就職氷河期と呼ばれる最悪な時期は脱していたとはいえ、亜子が就活をした頃も決して売り手市場ではなかった。だから、それなりに苦労して入った会社を辞めてしまうのは、やはりためらわれる。

かといって、同期たちが簡単に辞めていったわけではないことも知っている。ボロボロになる前に転職してしまった彼らのほうが、まだ現実的で強かったといえるだろう。

結局、亜子はただ、意地で勤めてきただけだった。

悔しかったのだ。すべきことを後輩である亜子に押しつけて、ときには手柄を横取りして営業成績をあげている戸塚に降参するのが。そんな実情を知りながら、頭ごなしに亜子を叱る上司に負けるのが。

そして、そうはいってもノルマを達成できないことが、一番悔しかった。

それでも、もう悔しさでしがみつくだけの気力は残されていない。

こらえようと思ってもこらえられなかった涙が、その証拠だ。


「駅チカ不動産の藤代亜子さん、ですか？」

「……？」

うつむいてぼんやりブランコをこいでいると、亜子はふいに声をかけられた。

声を追って視線をあげれば、チャコールグレーのスリーピース・スーツが目に入る。

重役たちの上質なスーツを見慣れている亜子の目にもわかる、仕立てのいいスーツだ。

顔を見ようとさらに視線をあげると、ずいぶん高い位置に、よく整った顔を見つけた。

つり目の、少し鋭い印象のある顔だった。でも、その顔には品のいい微笑みが浮かんでいた。何とか亜子に警戒心を与えまいとしているのが伝わってくる。

「あの、どちら様でしょうか……？」

しばらくボーッとその美しい顔を見つめてから、亜子は尋ねた。

警戒しているというより、単純に疑問だ。こんなイケメンの知り合いはいないし、声をかけられる理由も思いつかないぞと、悲しいけれど冷静になった。

「あ、すみません！　申し遅れました。こういう者です」

目の前の男は、流れるような洗練された所作《しょさ》で懐から名刺を取り出すと、亜子に差し出した。下手をするとキザな仕草も、この人がやると嫌味がない。

つい見とれてしまったけれど、亜子も慌てて名刺を取り出そうとした。でも、それをスッと男は手で制す。

「お気になさらず。じきにそれは不要になるでしょうから」

「え？　はあ、そうですか……」

よくわからないまま、こんなイケメンは別に私の名刺なんていらないかと、亜子は素直に引き下がる。そして、渡された名刺に目を落とした。

「有限会社井成《いなり》不動産、社長……」

「井成幸吉《こうきち》、と申します」

「イナリコンキチ？」

「いえ、こ・う・き・ち、です」

ニッコリと、つり目のキツネっぽい顔に笑みを浮かべ、幸吉は言った。

イナリという苗字に、このキツネ顔。できすぎだ、と亜子は思った。

でも、そんなことよりも――。

「あの、不動産会社の社長さんが、私に何かご用でしょうか？」

亜子はブランコから立ち上がり、手早く身なりを整えた。といっても、化粧は落ち、目は泣きはらし、スーツのスカートはシワクチャだったけれど。

「ああ。僕はスカウトに来たんでした。ぜひとも、藤代さんにうちで働いてほしいと思いまして」

「え……」

「高村《たかむら》さんに、駅チカ不動産に藤代さんというい子がいるって聞いたんですよ」

スカウトという言葉に亜子は身構えたけれど、聞き覚えのある名前に首をかしげる。

「高村さんって、あの」

「古民家をたくさんお持ちの、あのおばあちゃんですよ。駅チカ不動産を訪ねたら、藤代さんが熱心に話を聞いてくれたって。ほかでは相手にもされなかったのにって、喜んでましたよ」

「そう、ですか……」

亜子は、ひとりのおばあさんのことを思い出していた。

高村絹代《きぬよ》というそのおばあさんは数日前、古民家をたくさん持っているということで、それを貸し出したいという話をしにきたのだ。もう高齢だから、すでに貸し出しているアパートの管理なども任せたいと言っていた。疲れており小柄に見える高村さんの様子に、亜子はつい普段の接客以上に親身になって話を聞いた。

亜子のいる不動産会社にも、低価格帯の部屋を探しに来る人がいる。そういう人たちのためにも、たとえ古くても安く貸し出せる部屋を押さえておくことは必要なことだから。

それに、借り手を求めて一生懸命に不動産会社をめぐっている様子の高村さんを、亜子は無碍にできなかった。家や土地は持っているだけで税金がかかる。売るにしても、更地にするか人気のエリアでもなければなかなか買い手がつかない。

そういった事情を知っている以上、持っている物件を貸して少しでもお金を得たいという気持ちは理解できた。

だから、亜子は高村さんの話をじっくり聞いたのだ。

それを戸塚にはバカだと言われた。「会社の利益にならねえことしてんじゃねえよ。ババアの話聞くとか、無駄なことに時間使いやがって」と怒られた。

亜子は、戸塚のようにお金をたくさん落としてくれる人ばかりをお客さんとして考えるのが嫌だった。

——低価格帯の家を探しにきた人にも、高級物件を借りてくれるお客さんと同じように接したい。そして、持っている古民家に何とか借り手をつけたいと思う家主さんの話も、きちんと聞いてあげたい。

　これが亜子のスタンスなのだけれど、それではなかなか営業成績は伸びず、当然周囲には理解されなかった。

　でも、高村さんが自分のことを覚えてくれていただけではなく、接客内容を喜んでくれていたと聞くことができて、亜子の気持ちはかなり救われたけれど。それでも……。

「あの、『いい子がいる』という評判だけでスカウトに来られたんですか？」

　亜子は怪訝な顔をして、井成不動産の社長だという幸吉を見上げた。

　高村さんの話を聞いて嬉しいと思いつつも、目の前の幸吉への疑問がなくなったわけではない。怪しすぎる。

「実は今、人手不足なんです。それで、キミの話を聞いてうちの社風に合いそうだと感じて、ぜひほしいと思ったんですよ。井成不動産は大口の契約より、細々としたニーズに応えることを大事にしているので」

「そうなんですか……」

　幸吉はニコニコと愛想のいい笑みを浮かべて話すけれど、クール系のキツネ顔のせいか整いすぎているせいか、どうにも胡散臭《うさんくさ》く感じられた。そのせいで、亜子の返事も適当になってしまう。

「うちのやり方は、藤代さんに合うと思いますよ。高村さんの物件も預かることになりましたし。高村さんが所有している古民家に、借り手をつけたいとは思いませんか？」

「それは、思いますけど……」

亜子が話に乗ってこないのを気にしたのか、幸吉は攻め方を変えた。ニッコリ笑って、亜子が食いつきそうな話題に切り替えていく。

「藤代さんは、低価格帯の物件をお探しのお客さんにも丁寧に接客する方だと聞いています。うちに来るお客さんは、ほかの不動産会社ではお目当ての物件がなかなか見つからない方ばかりなんですよ。そういった方のために、ぴったりな物件をお探しすることは、やりがいのある仕事だと思いませんか？」

「……そうですね」

幸吉の狙い通りなのだろうけれど、亜子の気持ちはぐらついた。

ノルマ重視ではなく、お客さんと満足のいく部屋探しをしたいと常々考えていた。たくさん物件を回って、あれやこれやと話を詰め、本当に「ここだ！」と思える部屋を見つける手助けがしたいと。

けれど、今いる駅チカ不動産ではそれができない。ノルマがあるからだ。

　亜子たちが課せられている売り上げノルマの〝売り上げ〟とは、賃貸借契約を結んだときにお客さんと家主さんからいただく仲介手数料で成り立っている。仲介手数料は、大体が家賃の一ヶ月分という決まりになっている。つまり、賃料の高い物件を契約してもらったほうが、そのぶん仲介手数料も高くなりノルマも達成しやすくなるというわけなのだ。

　だからノルマのことを気にすれば、ひとりのお客さんにばかり構っているわけにはいかないし、ましてや賃料の高くない物件を探しているお客さんには時間を割けない。戸塚なんかは、低価格帯の物件を探しているお客さんをあからさまに避け、ときには後輩である亜子に押しつけることもあったほどだ。

「僕は、藤代さんのように精一杯働く人がほしい。わが社に来てくれるのなら、お給料は駅チカ不動産の基本給の一・五倍出します。もちろん歩合も。どうです？　悪くない話でしょ？」

「うっ……」

　脳内で電卓を叩き、亜子は唸《うな》った。幸吉が提示した数字は、かなり魅力的だった。

　駅チカ不動産の給与は、基本給プラス歩合給だ。売り上げの何割かが歩合として基本給に加味されるため、売り上げが悪ければそのぶんもらえるものも少ない。そして、基本給はかなり低いのだ。

「休みは水曜と日曜。かなりいい条件なんじゃないかと思いますよ。……これから転職活動をするのも、大変でしょうし」

「…………」

気持ちが動いているところへ、追い打ちをかけてくる。

この人はどこまで知っているのだろうかと、亜子は何も言えずに幸吉を見つめた。

正直な話、悪くないなと思い始めている。

駅チカ不動産は、すぐにでも辞めてしまいたい。でも、そうすると転職活動をしなくてはいけない。何か特筆するような資格がない亜子にとって、幸吉の誘いがなかったとしても今と同じ不動産業界で職を探すのが現実的だ。

渡りに船とはこのことだろうかと、亜子は考えた。

そんなふうに、亜子の気持ちが大きく傾き始めたのに気がついたのだろうか。幸吉は心得顔で微笑んだ。

「すぐに決めろとは言いません。じっくり考えて、それから答えを出してください。名刺に書いてある番号にかけてもらえれば、いつでも出ますから」

軽く一礼して「では」と言ってから、幸吉は軽やかな足取りで去っていった。後ろ姿まで爽やかだ。

もらった名刺とその背中を交互に見ながら、亜子は先ほどまでとは違う悩みで溜息をついたのだった。


一晩中悩んだけれど、気持ちはスカウトに乗るほうに大きく傾いたきり、揺らぐことはなかった。でも、せっかく転職するのにまた不動産業でいいのかと迷ってもいる。

そこで亜子は、転職情報サイトを眺めた。希望する業種、勤務形態、給与……必要な項目にチェックを入れて検索していくと、たくさんあるかに見えた選択肢は、ある程度の量に絞られた。

それを見て、亜子は冷静になったのだ。

なりたいものやなれるものについて胸を躍らせることができる年齢は、とうに過ぎている。夢を見るだけでは、生きていけない。日々を生きていくためにはお金がいる。お金を得るためには、働かなければならない。

今の仕事を辞めたとして、転職活動中はどうやって暮らしていこうかと考えると、目の前が暗くなる。薄給の会社でがむしゃらに働き、ひとり暮らしもしているため、貯えはほとんどない。

現実に打ちのめされそうになって改めて幸吉の名刺を見ると、それはまるで一筋の光のように思えた。

結局、次の日の昼休み、亜子は幸吉に連絡を取っていた。

朝、出社して戸塚の顔を見たらムカムカしてきて、一刻も早くこの会社を辞めなくてはと思ったのだ。


「藤代さんは、オバケとか平気？」

仕事が終わり、待ち合わせ場所である昨日の公園に行くとすぐ、亜子は幸吉にそんなことを尋ねられた。

試されているのだとわかった亜子は、気合いを入れてこぶしを握りしめる。

「そ、そんなものが怖くてはこの業界ではやっていけませんから、平気です！」

はったりだ。本当の亜子は結構な怖がりだ。

でも、幸吉はその答えを気に入ったようだ。

「お、いいね。そのくらいガッツがある子が好きだよ。じゃあ、採用ということで、いいかな？」

「は、はい！　よろしくお願いします！」

差し出された幸吉の手を握り、亜子は慌てて頭を下げた。

「じゃあ、今からキミの——亜子ちゃんの入社祝いをしようか」

「えっ」

「うどんを食べに行こう。この近くに、美味しい屋台のうどんがあるんだよ」

幸吉は、有無を言わさぬ感じで亜子の肩を抱き、歩きだした。急になれなれしくなったことに驚いたけれど、幸吉の手はしっかりと肩を摑んでいるし、何よりニコニコと見つめられているため、逃げられそうにない。

いきなり下の名前で呼ぶし、肩を抱くし、これってセクハラかなと亜子は考えた。けれど、嫌な気持ちかと言えば……そうでもない。

亜子にとってセクハラといえば、戸塚だった。仕事の邪魔をしたり嫌なことを言ったりするだけでなく、戸塚は亜子にセクハラまがいのことまでしていたのだ。

尊厳を傷つけるような戸塚の振る舞いを思い出すと鳥肌ものなのに、幸吉がやると不快感はない。名前を呼ぶのはフレンドリーなだけ、肩を抱くのはエスコートだと亜子は考え直した。

それに肩を抱かれて歩くのも悪くないと感じている自分に、亜子は戸惑っていた。

いいのか、私。嬉しいのか、私——そんなふうに自分にツッコミを入れても、振りほどく気にはなれない。

仕方なく、亜子は連れられるままに歩いて行った。

就職してから忙しすぎて、大学の頃から付き合っていた彼氏と別れたのは一年以上前のことだ。それ以来、男性と接触がないどころか、優しくされたことすらない。

だから、こうしてイケメンに肩を抱かれて歩くのも、悪くはないかなと思ってしまったのだった。


幸吉に連れられてきたのは、住宅街の外れにポツンとたたずむ屋台。物件案内で慣れたエリアといっても夜来ることはないため、亜子はその屋台を初めて見た。

「大将、きつねうどんふたつ。めでたい日だから、スペシャルで」

どうやら常連らしい幸吉は、そんな注文をする。

湯気の向こうにいてはっきりとは姿が見えない大将は、「あいよ」と静かに返事をした。

そして、あっという間にどんぶりをふたつカウンターに置いた。

「わあ、美味しそう……！」

幸吉の隣に座った亜子は目の前のどんぶりを見て感嘆の声をあげた。栄養を求めたお腹が、目の前の食べ物を見て正直な反応をする。

「どうぞ」

腹の虫の声をしっかり聞いたのだろう。気を利かせたのか、大将がそっといなり寿司を亜子の前に置いた。

「わあ！　おいなりさん、大好きです！　ありがとうございます！　ここのおいなりさん、三角なんですね」

恥ずかしいのと嬉しいのと半々で、亜子ははしゃいで見せた。

「キツネの耳にちなんだものなんだって。可愛いよね、三角のいなり寿司」

関西圏は三角形のいなり寿司、関東圏は俵型のいなり寿司なんだよと幸吉は付け加えた。この人が三角形のいなり寿司を贔屓《ひいき》にするのは、やはりキツネ顔だからだろうかと考えておかしくなる。

「……美味しい！」

幸吉が頼んでくれたスペシャルきつねうどんは、甘く煮たお揚げが三枚と餅巾着が乗っていた。麺は細めでコシがあり、出汁はさっぱりとしつつもお揚げの甘い汁と混ざってコクがあった。

亜子のペコペコだったお腹にその優しい美味しさはしみ渡っていき、たちまち幸せな気分にしてくれた。

「いい食べっぷりだね。僕は、しっかり食べる人が好きだなあ」

自分のぶんを食べながら、幸吉は亜子を微笑みながら見ていた。キツネ顔が、きつねうどん。できすぎだ、とまた亜子は思った。

できすぎといえば、今のこの状況だってそうだ。

信じられないくらいの幸運。転職を考えた矢先に、こんなふうに話が舞い込むなんて。また同じ不動産業界か、と少し気が乗らない部分はあるけれど。それに、井成不動産なんて初めて聞く名前だけれど。もし無理そうなら、改めて転職活動をすればいいだけだと、美味しいものを食べて元気になった亜子は開き直った。

「あれ？　今、おかしなところだったり嫌な仕事だったら辞めてやろうとか考えてたんじゃない？」

「そ、そんなことは……」

亜子の考えは、すべてお見通しだったらしい。慌てる亜子を見て、しかし幸吉は気を悪くした様子もない。

「大丈夫だよ。駅チカ不動産とか、ああいった体質の会社で今日までやってこられたんなら、務まる仕事だから。それに僕は、キミに嫌な思いはさせないよ」

ニッコリ、とトドメをさすように素敵な笑顔を浮かべながら幸吉は「ね？」と問いかける。その破壊力抜群のイケメンスマイルに、亜子はコクコクとうなずくしかできない。これはよくない男だぞ、自分はからかわれているぞとわかっていても、久々の異性からの優しさに、亜子はじーんとなっていた。

「そ、そういえば勤務開始日なんですけど、今の会社に退職願を出して、一応引き継ぎをすることになると思うので、一ヶ月後くらいになりますがよろしいですか？」

隣に並んでいる幸吉の顔があまりにも整いすぎていて、見つめられていると思うと亜子は恥ずかしくなった。それをごまかすように、不自然な仕事モードになる。それを見て、また幸吉はクスクス笑った。

「僕からそちらの会社に話をつけておくから、明日、退社の挨拶と片づけをして、明後日からおいで」

「え？　話をつけるって？」

「まあ僕は、いろいろできるんだよ。いろいろ、ね。実は、そちらの社長と支店長にはもう話をしてあるんだ。だから、何も心配しなくていいよ」

「え？　……わかりました」

意味深な言い方に腑に落ちないことだらけだったけれど、幸吉の笑顔を前に亜子は無理やり納得するしかなかった。じっと幸吉の色素の薄い瞳を見ていると、不思議と「まあ、そんなこともあるのかなあ」という気になってくる。

何にしても、円満に退職して新しい職場にいけるのならそれでいい——それが疲れきった亜子の本音だった。

「もうそんなかっちりしたスーツは着なくていいよ。そうだな、可愛らしいスカートがいいな。まあ、オフィスカジュアルと呼べる程度に抑えつつ、でも可愛い格好をしてほしい。若い女の子なんだから、おしゃれしないとね。大将、ぼたもちある？」

幸吉が問えば、大将はまた手品のようにぼたもちがふたつ乗った小さな絵皿をカウンターに置く。

ちょうど甘いものも食べたかったと感激しながら、亜子は機嫌よく答えた。

「わかりました。オフィスカジュアル、実は憧れだったんですよね」

そうして亜子は、一風変わった井成不動産で働くことになったのだった。

＊＊＊

接客するためのカウンターと、事務作業をするための区画をパーティションで区切っただけの八畳ほどの空間。事務作業をするスペースには、幸吉と亜子の机がふたつ、向かい合わせに置いてある。籐製《とうせい》の衝立の奥にはちょっとした応接スペース、さらにその向こうには給湯スペース。それが、有限会社井成不動産の事務所だ。二階建ての古いビルの一階部分が事務所で、二階部分は居住スペースになっているらしい。

手狭ではあるけれど、井成不動産に社員は亜子ひとりしかいないから問題ない。

亜子は、与えられた机で黙々と物件と地図を照らし合わせていた。

亜子が数日前までいた駅チカ不動産小佐木《こさぎ》店は、その名前の通り、小佐木駅のすぐ近くにある。それに対して井成不動産は、小佐木駅から二駅離れた尾白《おじろ》駅から商店街のほうに進み、さらにそこから外れ、やや住宅地寄りのところにある。

そのため、駅チカ不動産のように来客は多くない。だから勤務しはじめて数日、亜子は井成不動産が家主さんたちから預かっている部屋や、管理している物件や駐車場の場所を覚えるのが主な仕事になっていた。

「結構、間取り図も写真もない物件があるんですね」

井成不動産が預かっている物件の資料があまりに粗末なことに、亜子は気がついた。

一般的に物件資料とは、物件の住所や広さなどの文字情報に加え、外観写真や間取り図が載せられている。それをお客さんに見せて、その物件のよさやお勧めポイントなどを説明するのだけれど、井成不動産はそういった視覚に訴えかける資料が不足していた。

住所と広さだけしかわからない資料では、お客さんに売り込むことも難しい。

「どうしても僕ひとりでは回しきれなくて、家主さんから鍵と地図を預かったままになってるものも多いんだよね」

向かいの机で電卓を叩いていた幸吉が、申し訳なさそうに頭をかいた。亜子がやってきて、幸吉はようやく家賃管理などの経理関係の仕事に集中できているそうだ。

「それなら、物件を頭に入れるために車でこの辺りを回りたいと思っていたので、ついでに写真と間取り図をとってきます。ちょうど、今日はよく晴れてますから。天気がいいと、古い家でも写りがよくなりますし、家の中も見て回りやすいですし」

ずっと椅子に座っていて疲れた亜子は、車のキーを手にして大きく伸びをした。物件を実際に見ておくことは大切だし、何より物件を見ることが好きだ。亜子は自然と楽しそうな表情になる。

「それはありがたいな。でも、くれぐれも気をつけてね」

「え？」

出ていこうとする亜子にひらひらと手を振りながら、幸吉は意味深なことを言う。切れ長の目を細めて笑っているけれど、完全な糸目になっておらず、わずかに黒目が隙間から覗いているのが何とも怪しい。

「行ってきまーす」

アニメとかに登場する悪いキツネのような幸吉の笑みが気になりつつも、亜子は元気に事務所を出ていった。


「亜子ちゃん、そんなに震えて可哀想に。おいで。僕がなぐさめてあげる」

目に涙を浮かべた亜子に、幸吉は両腕を広げて優しく言う。亜子はそれをジトッとした目で見て、首を振っていた。

「いえ、そういうのいいんで」

「慎み深いんだね。でも、遠慮しないで」

「遠慮じゃないです。そんなことより、社長が退治してくださいよ」

「何で僕が？」

「だって男性じゃないですか！」

「そういう差別はよくないよ」

「もー助けてくださいよ！」

「亜子ちゃん、オバケとか平気って言ってたじゃないか」

「〝とか〟にゴキブリもネズミも大きなクモも含まれてたなんて知りませんでしたー」

嫌だーと言って、亜子は自分の身体を抱きしめた。その名を口にするだけで、思い出すだけで、全身に鳥肌が立つ。

晴れた日に物件を回ると、写真の見栄えもよくなるし、間取りをスケッチするのに家の中を歩き回るのもやりやすい。だから、なるべくその日のうちに回ってしまおうと亜子は張り切っていた。

でも、井成不動産が預かっているのは主に古い家。そういうところには、ゴキブリもネズミも大きなクモもつきもので、亜子はそれらすべてに出会ってしまったのだ。

ただでさえ、いかにもな外観に怯《おび》えきっていたのに。「オバケが出たらどうしよう」なんて考えて、心拍数を無駄に上昇させていたのに。

怯えきった状態で不意打ちのようにゴキブリやネズミがガサゴソと走ってくれば、悲鳴をあげないわけがなかった。

「でも亜子ちゃん、ゴキブリもネズミも、別に亜子ちゃんに何かしたりしないよ？　ましてやクモなんて、そこにいるだけじゃないか」

気味の悪さを思い出してふるふるする亜子を、ちょっと呆れたように幸吉は見ている。

「じゃあ、社長は怖くないんですか？」

「怖くはないけど、やっぱり気持ち悪いとは思うかな」

「ほら、やっぱり嫌は嫌なんじゃないですかー」

亜子は恨めしそうに幸吉を見つめるけれど、幸吉にこたえた様子はない。ひとりきりの戦いか……と亜子は悲しく覚悟を決めた。

そのとき、カランとドアベルが鳴った。来客を知らせるその音を聞き、亜子は気を引き締める。

「いらっしゃいませ……？」

パーティションから顔を出し、亜子はドアのほうに視線を送った。けれど、そこに人の姿はなくて、首をかしげつつ視線を下げていくと、足元に犬の姿を発見した。

「お、おお……いらっしゃいませ……」

そこにいたのは、ただの犬ではなかった。

ちょうど顔の部分だけが肌色の、人間の顔をした犬――人面犬だったのだ。

幸吉が「オバケとか平気？」と聞いたのはこういうことだったのかと、思わぬ形で知ることになってしまった。けれど、深呼吸を繰り返して亜子は心を落ち着ける。それから、お客さんである人面犬を向かいの椅子に座らせた。

「すまんな。お嬢ちゃん、やっぱりびっくりするよな」

「い、いいえ。前の職場で怒鳴り散らすガラの悪いお客様がご来店したときのほうが怖かったです」

「そりゃそうだろう。何せ、わしは無害だからな」

「へ、へえ〜。そ、それで、どういったお部屋をお探しですか？　お名前と、お部屋のご希望をお聞かせください」

無害？　無害なの？と内心でつっこみまくりの亜子だったけれど、何とかそれを笑顔の下に押しとどめる。フレンチブルの体におじさんの顔と声。パッと見が犬なだけに、逆に見慣れるまで時間がかかりそうだと亜子は考えていた。

それでも、冷静にヒアリングを進めていった。

「えっと、犬飼《いぬかい》さん。この中で、絶対に、どうにも、外せない条件ってありますか？」

犬飼銀次《ぎんじ》さん——人面犬から聞き取った要望をメモしたものに目を落とし、亜子は頭を抱えていた。

犬飼さんの要望というのは、「ペット可、閑静な住宅街、夜型の人間が近所に住んでいない」というものだった。

一見すると難しい要望に見えないけれど、三つが合わさると難易度がグッとあがる。

ひとつ目の、ペット可の物件というのがそもそも少ない。そして閑静な住宅街というと、戸建てが多い地域がほとんどで、単身者用のアパートなどはあまりない。そして夜型の人間が近所に住んでいないというのは、生活が多様化している世の中では難しい。特に集合住宅の場合、その建物内でも様々な生活スタイルの人が住んでいるのが当たり前なのだからなおさらだ。

うんと田舎に行けば条件を満たす物件を探せるのだろうけれど、「あばら家で、周りに人が住んでいないような家でいいですか」とは聞きづらいし、それが正しいとも亜子は思えなかった。

それに、犬飼さんの言うことにツッコミを入れたくなるのをこらえるのが大変だった。まず、犬飼という苗字はどういうつもりなのだろうか。そして、人面犬なのにペット可の物件を希望というのは何事なのだろうか。そんなことを思って亜子はうずうずとしたけれど、何とか我慢して話を聞いてみた。

「どうしても外せねえ条件って、そりゃ全部だよ。今あげた三つのうち、ひとつでも満たせねえってんなら、引っ越す意味ねえもん」

「ですよねえ……」

お客様として至極もっともなことを言われてしまい、亜子は引き下がるしかなかった。仕方なく、ひとつひとつの要望を掘り下げて聞いていくことにする。

「ペット可のお部屋をご希望ですが、何か飼われてるんですか？」

「お嬢ちゃん、面白い冗談を言うんだな。犬のわしが、ハムスターや魚を飼うとでも？ちげえよ。わし自身がペットみたいな存在だろ？　だからさ、ペット可のところじゃなきゃダメだろうって、引っ越そうと思ったんだよ」

「ん？」

犬飼さんの何気ない発言に、亜子はぴくりと反応した。

「え？　ちょっと待ってください。その、お引っ越しをしようと考えられたきっかけを教えていただけますか？」

解決の糸口が見つかるような予感がして、亜子はズイッと身を乗り出した。

「引っ越そうと思ったのはな、同じアパートに住んでる人間にアレルギーを発症しちまったやつがいるんだよ。どうも、ホコリとかダニの死骸とか、いわゆるハウスダストに反応するらしいんだ。……もしかしたら、わしのせいかもなぁと思ってな。だから、引っ越すならアレルギーとか気にしなくていいように、ペット可の物件がいいかと思ったんだよな」

「それは、たしかに気になりますね」

聞きながら、それなら必ずしもペット可の物件でなくてもいいかもと亜子は考えた。

ペットを飼うのなら最初からそういう条件になっている物件を探すか家主さんの許可が必要だけれど、アレルギーの人に配慮するというのなら物件の探し方も変わってくる。

「閑静な住宅街がいいというのは、どうしてですか？」

「静かに散歩したいんだよ。家のすぐ目の前が道路で車がびゅんびゅん走ってるっていうのは嫌だし、店やら何やらが多い地域もかなわん。それに、わしは人面犬だろ？　お嬢ちゃんくらいの若者なら知らないかもしれんが、これでもかつて一世を風靡《ふうび》したんだ。……だからな、騒がれずに静かに散歩するには、やっぱり静かな町に住むのがいいだろうと思ったんだよ」

「じゃあ、夜型の人間が住んでいないというのも？」

「そうだ。夜に散歩するから、夜型の人間が仕事にでも行くときにわしを見かけて驚かしちゃ悪いからな」

「なるほど！　わかりました。そういうことなら、ご要望に沿ったお部屋にご案内できると思います！」

犬飼さんの話を聞き終えた亜子は、ポンと手を打つ。掘り下げて聞いてみるとそこまで難しいことではないとわかって、亜子はホッとしていた。

「要するに、アレルギーの人が住んでいなくて、ごみごみしていない、朝型の人たちが暮らす町にあるお部屋ならいいってことですよね」

　亜子は手持ちの資料から、一件の物件を選び出す。その日の午前中に間取り図を作り、写真を撮ったばかりの、できたての資料だ。

「じゃあ、犬飼さん。行きましょうか」

　案内する物件を絞った亜子は、犬飼さんと共に事務所を出た。

「あのさ、お嬢ちゃん」

「どうしました？」

　駐車場へ向かおうとしていた亜子は、足元に目をやる。犬飼さんは、何だか困った顔をして亜子を見上げていた。

「すまねえが、わしを抱いて運んでくれねえか。わしひとりなら何とかなるが、たぶんお嬢ちゃんが一緒だと目立つと思うんだ」

「あ……なるほど」

　言われてみて、亜子は納得した。

　犬飼さんは人面犬、つまり妖怪だ。歩いているところをもし人に見とがめられた場合、犬飼さんひとりなら走って逃げおおすこともできるかもしれないけれど、亜子と一緒にいるとそれも難しい。

「では、抱っこさせてもらいますね……」

「うむ」

亜子は犬飼さんの脇の下に手を入れ、そっと抱きかかえた。

犬飼さんの体は見かけよりもずっしりと重く、そして温かかった。動物らしいぬくもりとやわらかさに亜子は思わず撫でそうになりつつも、何とか気を引き締めた。

「ここから私の車のある駐車場まで行って、車で物件に向かいます。それまでちょっと、居心地は悪いかもしれませんが……」

抱っこしているのはあくまで仕方なくで、全然楽しんでなんかいないぞと主張するように亜子は言った。でも実際は久しぶりの動物との接触に気持ちは高揚していて、できることなら長いこと抱っこしていたいと思っている。

「物件って、ここから坂を上ったところだよな。そのくらいの距離なら歩ける。いちいち車を出すのも面倒だろ？」

亜子の内心を察したのか、犬飼さんはそう申しでてくれた。

「じゃあ、お言葉に甘えて」

目的の物件の近くは細い道が多く、車を使うのが億劫なのは事実だったし、抱き続けられるいい口実ができて亜子は喜んだ。ホクホクとして坂道を上りはじめる。

亜子が犬飼さんを連れて上っているのは、車が一台やっと通れるほどの狭い道だ。その道の両側には古い家や、シャッターを下ろしてしまっている何かの店だった建物が並んでいる。

「お嬢ちゃん、ちょっと止まりな」

車では通れないほどの細い横道に入ったところで、犬飼さんが亜子に声をかけた。

「どうしたんですか？」

「あれに手を合わせて行こう」

犬飼さんが「あれ」と顎で示したものは、小さな祠《ほこら》だった。

かつて山だった場所を切り開いて町を造った名残だとわかる切り立った斜面に、キツネの石像と祠が建っていた。

「お稲荷さん？　どうしてこんなところに……」

「さぁな。でも、挨拶は大事だぞ。お嬢ちゃんはこの町で仕事をさせてもらうんだからな。土地の神様への挨拶はきちんとしとけよ」

「はい」

犬飼さんに促《うなが》され、亜子はその祠に手を合わせる。

小さな祠とキツネの像は、寂《さび》れた町を静かに見守っているようで、亜子はすぐに気に入った。だから、その前を立ち去るときも自然とペコリと頭を下げていた。

「あ、そっか。そうだったあ……」

目的地までやってきた亜子は、泣きそうな顔になってその建物を見上げた。

亜子が犬飼さんを連れてきたのは、こぢんまりとした一軒家。一軒家なのに広くはないというのがお客さんに勧めにくいと思っていたのだけれど、アレルギーを気にする犬飼さんには持ってこいだと思ったのだ。集合住宅とは違って気兼ねなく暮らすことができるだろう……。

しかし、問題はそこではない。

「どうした、お嬢ちゃん。入んねえのか？」

いつまでも家の前から動かない亜子を、犬飼さんは怪訝そうに見上げた。

「いえ、入りますよ。すみません……」

犬飼さんを待たせるわけにはいかないとわかっているのだけれど、亜子はなかなか一歩踏み出せずにいた。

なぜなら、亜子の頭上には大きなクモが巣をかけており、それをちょうどくぐらなければ家の中に入れないのだ。

黒と黄色の毒々しい色合いの大きなクモは、何もしてこないとわかっていても、やはり気持ちが悪かった。

その日二度目のご対面だったけれど、慣れるどころかより一層、亜子はびくついていた。

「なんだ。お嬢ちゃん、クモが怖かったのか。さっさと言えよ。ほら、よっ」

「わっ」

亜子の様子からクモを恐れているのだと理解した犬飼さんは、その場で高くジャンプし、華麗に後ろ足でクモの巣を破壊した。

「すごい！　犬飼さん、ありがとうございます！」

「なあに、いいってことよ。それに、わしん家《ち》になるかもしれねえんなら、どのみちクモにはよそへ行ってもらわなきゃならなかったんだしな」

自分にはできないことを軽くやってのけた犬飼さんに、亜子は尊敬の眼差しを向けた。

幸吉と比べてこの頼りがいは何だと、心の中で拍手喝采した。

「じゃあ、ご案内しますね。あの……中には先客がいろいろといますけど」

「お嬢ちゃんが怖がるってことは、ゴキブリとかか。わかった。それならわしが今からひとっ走りして追っ払ってきてやるよ」

亜子から向けられた眼差しに気をよくしたらしく、犬飼さんはそう言うや否や、家の中へと走りこんだ。

まずは台所へひとっ走《ぱし》り、その次は四畳半の居間へひとっ走り。そして風呂場を、そのあとは階段を上って二階の六畳間を駆けぬけた。

そうやって犬飼さんが走り回ると、それまで我が物顔でひそんでいた黒い影たちが一斉に逃げ出した。

その音に亜子は目を見開き、震えたけれど、それもほんの少しの間だけのことだった。ものの数分で、家の中は静かになった。

「どんなもんだ。ゴキブリとかネズミってのは、ケモノの臭いを嫌うらしいんだ。わしの気配に恐れをなして逃げちまったよ。追い払いながら家の中を見て回ったが、いいとこだな。気に入った。これで、ここはわしん家だ」

亜子の元に戻ってきた犬飼さんは、そう言って得意げにその場で一回転宙返りをした。

その華麗な姿に、今度こそ亜子は惜しみない拍手を送る。

「すごい！　犬飼さん、カッコイイです！」

「別に、何もしてねえよ」

「いやいや！　ゴキブリたちをこんなふうに追い払えるなんてすごいです！　うちの社長なんて、何もしてくれないんですから。大違いです！　よっ！　男前！」

「照れるぜ」

それからしばらく亜子は拍手を続け、犬飼さんは見事なアクロバットを披露し続けた。

＊＊＊

「じゃあ、社長。内観写真の撮影と間取り図の作成に行ってきます」

ある日の午後、昼食を簡単に済ませた亜子は、そう言ってデジカメと方眼紙メモを手に立ち上がった。そのウキウキとした様子に、幸吉は唇を尖らせる。亜子が楽しそうにしている理由が、面白くないらしい。

「何かさ、最近亜子ちゃん、物件回るの楽しそうだよね。前まですっごくビクビクしてたのにさー」

「犬飼さんがついてきてくれるので、何も怖くないんですよ！」

ジトッとした目で見てくる幸吉に対して、亜子は晴れやかに笑ってみせた。

あの日、物件を案内して以来、犬飼さんは内職が暇なときなどは亜子に付き添って物件回りをしてくれている。

犬飼さんがいてくれれば、クモもゴキブリもネズミも、何も怖がる必要はないのだ。

すべて、あっという間に犬飼さんが追い払ってくれるから。

犬飼さんはケモノの臭い効果だと言っていたけれど、亜子は犬飼さんのカリスマ性だと、ひそかに信じている。

「犬飼さんって、すごく足が速くて、すっごく高くジャンプできるんですよ」

「そりゃ、人面犬だからね」

うっとりと語る亜子に対して、幸吉は冷ややかだ。でも、すっかり心酔している亜子はそれには気がつかない。

「犬飼さんってすごく華麗なアクロバットができますし、ああして男気あふれる人でしょ？　かつて一世を風靡したのもうなずけるなあって、私思うんです。でも、今は静かに暮らしたいっていうのが犬飼さんの望みですから、騒ぎ立てちゃいけないっていうのも、わかってるんですけどね」

そんなことを言い残し、亜子は事務所をあとにした。その背中を、幸吉は複雑な気持ちで見送った。

「いや、引退したタレントじゃないんだから。……って、人面犬は、もともとそんなアイドル的人気だったわけじゃないからね？」

幸吉の冷静なツッコミも、亜子の耳に届くことはなかった。

＊＊＊

ある日の昼下がり。

その日も来客はなく、亜子は物件資料に目を通して過ごしていた。先日まで勤めていた駅チカ不動産とは違って暇だなと思うけれど、亜子はここではまだまだ新人で、覚えることはたくさんある。

「あ、電話……って、社長か」

電話が鳴り、ディスプレイに表示された名前を見て、亜子はげんなりした。

そこに表示されているのは、〝素敵な幸吉さん〟の文字。幸吉みずから登録したのだけれど、悪ふざけとしかいいようがない表示を見るたび、亜子は反応に困っていた。そして電話の多さにも。

「お疲れさまです、社長」

『おつかれ、亜子ちゃん。も〜、幸吉さんって呼んでよ。もしくは、幸吉社長』

「ご用は何ですか？」

『つれないねえ』

「仕事中ですよ」

経理関係は社長である幸吉が担当していて、彼は銀行などに行くために頻繁に事務所を空ける。そのたびにこうして電話をかけてくるから、困惑しつつもあしらうのに慣れてきてしまっている。

『ところで亜子ちゃん、ケーキは好きかな？』

「えっと……」

ケーキという単語を聞いて、亜子はすかさず「好きです！」と答えたかった。けれど、初出勤の日に幸吉にされたことを思い出して、グッとこらえた。

初出勤の日、幸吉は薫り高いコーヒーをドリップしながら、亜子に尋ねたのだ。「亜子ちゃん、コーヒーは好きかな？」と。それに対して亜子は、元気よくうなずいた。でも、そのあと幸吉は亜子にコーヒーを出してくれなかった。「そう。よかった。嫌いな人の前で飲むのは悪いと思ったからね」などと言って。

たしかに、好きかと聞かれただけで飲むかとは聞かれていなかった。でも、そんな引っかけがあるか！と亜子は自分の早合点に恥じらいつつも、内心で相当怒っていた。

「べ、別に、好きじゃないです」

あの時の悔しい気持ちを思い出し、亜子は歯を食いしばった。大嘘だ。本当は、九十分食べ放題のバイキングにしょっちゅう行くほど、ケーキは好きだ、大好きだ。

「えー？　残念だなあ。高村さんから差し入れのケーキをいただいたのに」

「え!?」

やられたと思って亜子が受話器を握りしめたそのとき、カランとドアに取りつけたベルが鳴り、電話しながら幸吉が高村さんと入ってきた。

「藤代さん、こんにちは。転職おめでとうねえ」

「高村さん！　ありがとうございます。その、社長に私を紹介してくださって」

「そんな、お礼を言われるようなことじゃないわ。それより、お祝いのケーキよ」

「ありがとうございます！　今、紅茶を淹れますね！」

亜子は幸吉の手からケーキの箱を奪うと、彼には一瞥もくれずに給湯スペースまで駆けていった。二度も幸吉の意地悪に引っかかりそうになって、内心歯ぎしりしている。

幸吉は亜子のことを妙に気に入っているようなのに、しょうもない意地悪をするから困ったものだ。

でも、高村さんが持ってきてくれたケーキによって、亜子の機嫌はあっという間に回復した。ケーキは駅前の、人気パティスリーのものだった。

亜子はポットのお湯を再沸騰させ、張り切って紅茶を淹れた。マスカットの香りがする、亜子お気に入りの茶葉で。

「お待たせしました。どうぞ。お持たせで恐縮ですけど」

応接スペースの椅子に座った高村さんの前にふたり分の盆に載せた紅茶と取り皿とケーキの箱を置き、亜子はニッコリとした。幸吉の視線を感じるけれど、あえて無視している。

「あら、いいの？」

「はい。お祝いなので、一緒に食べてください。私はショートケーキをいただきますね。高村さんは？」

「じゃあ、私はこのチョコレートケーキを」

「はい。では、いただきます」

「ちょっと待った！」

流れるように亜子はケーキを取り分けた。それを、存在をまるっと無視されていた幸吉が止める。

「亜子ちゃん、ひどいよー。僕のこと無視しないでよー」

十代の美少女アイドルがやれば憐れみを誘えそうな上目遣いで、幸吉は悲しみを訴えてきた。表情は完璧だけれど、推定三十代半ばの男がやってもなあと、亜子はそれを冷ややかな目で見た。

「いや、社長はきっと紅茶もケーキもお嫌いだと思ったので」

「決めつけはよくないな」

「いえ、私、そういうの直感でわかるんで」

「その直感には従わないでほしいなあ」

「でも、紅茶とケーキが社長の胃袋に入りたくないって言ってます」

「ごめんごめん。もう意地悪しないから、僕にも紅茶とケーキをください」

幸吉が胸の前で手を合わせるのを見て、亜子は仕方なく追加の皿と紅茶を取りに席を立った。

「ふふふ。社長さんと藤代さん、もう仲良しになったのね」

ふたりのやりとりを見ていた高村さんが、微笑ましそうに見やる。

「亜子ちゃんがツンデレすぎて困るんですけどね」

「まあ」

「違います！」

否定するのもどうかと思っていた亜子だったけれど、幸吉がまた調子に乗ったため、すかさずつっこんだ。

幸吉には、拾ってもらった恩がある。イケメンだとも思う。でも、このすぐに調子に乗るのと多すぎる電話、そしてしょうもない意地悪が、亜子の目下の悩みだった。

「そういえば、私の預けている物件を借りてくださる方は見つかりそうかしら？」

ケーキを食べながら、頬に手を当てて、やや心配そうに高村さんは亜子に問いかけた。

そうだよね！　訪ねてきてくれたのはケーキの差し入れのためだけではないよねと気がつき、亜子は作ったばかりの資料を取りに席を立つ。

「お客様がいらしたらお勧めしたいなと思って、こんなふうに資料を作ってみました。写真を撮るために中も見せていただきましたが、とてもよく手入れされていて、きっと住みたい方は現れるって思ってます」

「まあ、きれいに撮ってくれたのね。ずいぶん立派に見えるわ」

差し出した資料を喜んでもらえて、ひとまず亜子はホッとした。肝心のお客さんが来ないため、まだこの資料を活用できていないのが心苦しいのだけれど。

「主人がこの辺の地主の出でね、昔は土地も家もたくさん持っていたのよ。主人が亡くなってから多くは処分してしまったのだけど、今残している物件は、何だか売れなくて。それに古いから売ってしまったら、たぶん取り壊されてしまうでしょ？　せっかくなら残せるだけ残しておきたいのよ。きちんと手入れをすれば、まだ住めるもの……」

資料の写真に目を落とし、高村さんはそう静かに語った。それを聞いて、亜子は自分が少し思い違いをしていたのだと気がついた。

亜子は高村さんが管理の大変さや税金のことを考えて、物件を預かって借り手を見つけてくれる不動産会社を探していたのだと思っていた。実際はそれもあるのだろうけれど、そんなことよりも物件自体を守りたかったのか、と。

所有物件はきっと高村さんにとって財産であるだけでなく、思い出なのだ。

「高村さんの物件を気に入って大事に住んでくださるお客様に、ご紹介しますからね」

高村さんの思いを守る手伝いをしようと、亜子はそっと決意した。


高村さんを見送ってから、亜子は再び自分の仕事に戻っていた。

そこへ、来客を知らせるドアベルの音。

「いらっしゃいませ……え？」

手元の書類から顔をあげ、パーティション越しにお客さんの姿を確認した亜子は硬直していた。

かろうじて接客用の笑顔を浮かべているものの、心拍数は跳ね上がり、冷や汗をダラダラと流している。叫ばなかっただけ、偉いと言えるだろう。

目の前にいたのは、一見すると普通の男性だ。控えめな服装で、マスクをしている。

マスクで隠れていない目元は涼やかで、爽やかなイケメンであることを予感させた。その男性が「こんにちは」と言ってそのマスクを取った瞬間、舌がペロリと覗いたのだ。長い長い、あきらかに人間のものではないとわかる舌が。

「あれ、亜子ちゃん？　お客さんだよ。接客して」

向かいの机から、幸吉が不思議そうに亜子を見ていた。

「そ、そうですね……お客さんでした……」

内心はまだ動揺したままだったけれど、亜子はよろめきながらも接客カウンターに向かった。

「すみません。先ほどは、気が動転してしまいまして……」

「いえいえ。いいんですよ。慣れないと、どうしても驚くでしょうし」

亜子の平謝りに、人ではないお客さん——アカナメの赤田《あかた》波雄《なみお》さんは、気さくに笑ってくれた。でも、ペロッと口の端から覗いた長い舌に、亜子は内心震えていた。悪い人、いや悪い妖怪ではなさそうだとわかっても、やはり慣れるまで時間はかかりそうだ。

ここ、井成不動産に来るお客さんの中には、赤田さんのような妖怪も多いという。そのことを、亜子はついさっき知った。犬飼さんは特別なお客さんではなかったのだ。

情報網や交通網が発達したこの現代社会では、かつてのように妖怪がひっそりと隠れ棲《す》むのは難しくなった。かといって、残された野山や人の少ない場所に暮らすことができない妖怪も多いらしい。

井成不動産はそういったワケあり妖怪たちに物件を紹介しているということで、この界隈《かいわい》では有名だそうだ。

「僕ってさ、懐が深いから」と幸吉は言う。

その懐の深さに拾われたのは亜子も例外ではないとなると、ここでの仕事に覚悟を決めるべきだろう。

「それで、どういった物件をお探しですか？」

気を取り直して、亜子は赤田さんに向き直った。身体の一部が少し長いだけで、赤田さんは普通のお客さんだ。慣れてしまえばどうということはないはず、と亜子は自分に言い聞かせる。

「お風呂が、うんと汚いお部屋がいいなと思いまして」

「え……？　き、汚いお風呂……お風呂つきの物件ということですね……」

思いもよらない要望に、亜子はまた固まりかけた。それでも、踏ん張って笑顔を保つ。

亜子はこれまで不動産業界で働いてきて、お客さんのワガママな要望というのはたくさん聞いてきた。

たとえば、予算三万円で駅まで徒歩五分・眺望良好・高層階・築浅な部屋がいいと言われたり。敷金・礼金なし・敷地内駐車場有り・家具家電つきの部屋がいいと言われたり。構造の関係で絶対に壁に穴を空けてはいけないという部屋に、退去時に修理費を払うから釘を打つことを許可しろ・穴を修繕する見積もりを出せと言われたり。

亜子はそういった要望を聞いて、内心では「えらいこっちゃ」と思いながらも、絶対に外せない条件を聞き出し、妥協点を見つけ出し、ときには現実を突きつけ、お客さんと共に部屋探しをしてきた。

だから、ちょっと戸惑っただけで赤田さんの要望をワガママだとは思わなかった。

「お風呂、お風呂……お風呂つきのお部屋で、汚いところがご希望なんですね？　わかりました。ご案内します」

亜子は悩みながらも、井成不動産が預かっている物件を何件かピックアップした。

数十分後、助手席に赤田さんを乗せて車を走らせながら、亜子は頭を悩ませていた。

ワガママではなかったとはいえ、赤田さんの要望はなかなかに難問だった。

亜子は井成不動産で鍵を預かっている物件の中から、お風呂つきの、古い建物を案内していった。お風呂が汚いという条件を満たすには、古い建物に絞るのが手っ取り早いだろうと判断したのだ。

　選りすぐりの古い、汚そうなお風呂の部屋。その中には、昔ながらのカチカチとハンドルを回して点火するタイプの風呂釜もあって、これなんか特にお勧めだったのだけれど、赤田さんはどの部屋を見ても申し訳なさそうに首を横に振った。

「すみません。なかなかお気に召す部屋にご案内できなくて」

「いいえ。どのお部屋も、素敵でした。私が、ワガママを言ってしまってるだけですよ……」

「とんでもない！　赤田さんのご要望は、とても良心的ですよ。お部屋もお風呂もピカピカがいい、ついでにバストイレ別で築浅で、ついでに賃料も格安で、なんておっしゃる方もいますもん」

　それなのになあ、と亜子は溜息をついた。お風呂が汚くてもいい、より汚いほうがいいだなんて、なんて欲がない人だろうと亜子は思うのだ。

「赤田さん、お風呂以外の要望ってないんですか？　たとえば、徒歩十分圏内にコンビニがほしいとか、閑静な住宅街がいいとか」

「ない、ですねえ。今の部屋から引っ越そうと思ったのも、お風呂に不満があったからってだけですし」

「そうですか……」

妥協点を見つけようとしたけれど、それもうまくいかなかった。そもそも要望が多いわけではないのだから、優先順位うんぬんの話ではないのだ。これがワガママな客に対してなら、「賃料と築年数とバストイレ別、この中で絶対に譲れない条件はどれだ？」と迫ることもできるのだけれど。

「ちなみに赤田さんの理想とする汚いお風呂って、どんな感じなんですか？」

自分でも「何のこっちゃ」と思いながら、亜子は尋ねた。でも、妥協点が見つからないのなら、唯一の要望を掘り下げるしかない。

「そうですね……極端な話、汚れているのなら新しいお風呂でもいいんです。その、私が重要視しているのは。汚れというより垢《あか》、ですから」

「え……」

赤田さんの言葉を聞いて、亜子はそのクリッとした目を見開いた。ボロリ、と目から大きなウロコが落ちた心地だ。

汚いの意味が違うとは、思いもよらなかった。今まで、亜子は赤田さんの本当の要望を理解できていなかった。

だからこそ、案内する部屋が赤田さんの要望に合致しなかったのか。そのことがわかって、俄然《がぜん》亜子はやる気が出た。

同時にこの要望ならきっと叶えられると、すっきりとした気持ちになっていた。

「あの、赤田さん。一回、事務所に帰っていいですか？　ご要望に添えそうな物件を思い出したので、そこの鍵を取りに行こうと思いまして」

赤田さんが快くうなずいてくれたのを見て、亜子は事務所に向かってハンドルを切った。

「無事、終わったね。亜子ちゃん、お疲れさま」

「お疲れさまです。ふー、これでちょっとひと息つけます」

その日は赤田さんの引っ越しの日。赤田さんに鍵を渡し、無事に部屋の引き渡しが終わった。妖怪が相手ならきっと難航すると思っていた契約書も、意外にもすんなりと済んでしまった。

契約に際して家賃保証会社に入れない代わりに保証人を立ててもらったのだけれど、赤田さんの保証人はバイト先の店長さんが引き受けてくれた。真面目な赤田さんは定収入のある、勤労妖怪だったのだ。

正直、亜子はかなり驚いた。でも、「妖怪に部屋を紹介する不動産会社があるのなら、妖怪を雇用するところくらいあるか」と無理やり納得した。井成不動産で働くのなら、っこんだら負けだと早々に気がついたのだ。

「それにしても、亜子ちゃんがひとりでやってのけるとは思ってなかったよ。絶対、僕に助言を求めると思ってた」

嫌味ではなく、心底感心したように幸吉は言う。言外に「頼ってほしかった」と言っているのだけれど、亜子はそれには気がつかない。

「今回の部屋探しは、はっきり言って難しくなかったんですよ。私の頭が固かっただけで。でも、ご要望をきちんと理解できてからは、すんなり決まりましたし」

「本当、お見事だった。ほぼ男子寮と化《か》してる、トイレとお風呂が共用のアパートなら、赤田さんの要望にぴったりマッチングしてるもんね」

「はい。我ながら、ナイスな発想だったと思います」

赤田さんの要望を叶えてあげられたことが嬉しくて、亜子は晴れやかな顔で言う。ノルマとか関係なしに、やはりお客さんと物件の契約が成立すると嬉しいのだ。

亜子は赤田さんに、レトロな雰囲気漂う古アパートの一室を紹介した。昔はある会社の寮として使われていたらしく、今では貧乏な男子学生を中心に半数ほどの部屋が埋まっている。そのうちの、一番お風呂に近い部屋に赤田さんは入居したのだ。

共用のお風呂に案内すると、赤田さんはその汚さに感嘆の声をもらした。

男子ばかりが暮らすアパートの共用風呂は、清潔からはほど遠い状態だったけれど、それこそまさに赤田さんの求めるものだったらしい。

「今回のことは、すごくためになりました。これまで私、なるべくきれいな部屋がいいとか、便利な立地がいいとか、そういった自分にもわかる要望しか聞いてこなかったんですよね」

風変わりな要望でも、叶えられると気持ちがよかったなあと、亜子はしみじみ考えた。

「そう言ってくれて、よかった。人間にもいろいろ事情があるように、妖怪にもいろいろあるからさ。人の世に紛れて生きるのは、大変なんだ。中には、赤田さんのように人のいない場所では生きられない妖怪もいる。だから僕はこの井成不動産で、少しでもそういう妖怪の役に立てればいいなと思ってるんだよ」

「社長……」

幸吉の言葉に、亜子は少し切なくなった。

本来なら妖怪は、人の目につかないように生きていかなければならないはずだ。でも、アカナメの赤田さんに垢が必要なように、人間の生活から切り離されては生きていけない妖怪もいるのだろう。そして、隠れ棲む場所のない町中では住《す》み処《か》を持たなければならないけれど、その住み処もただでは手に入らない世の中だ。

そんな世の中で、この井成不動産でできることについて亜子は考えた。ここでできることは、きっとこれまで駅チカ不動産にいたときにできなくてモヤモヤしていたことと根っこは同じはずだ。

「ここを訪れる人たちがお部屋探しに満足できるように私、頑張ります」

決意を新たに、亜子はこぶしをグッと握りしめた。

「いろいろなお客さんが来るよ。そのお客さんの要望を叶えてあげるために、広い視野を持てるようにしたいね」

気を引き締めた様子の亜子に気がついたのか、幸吉は優しく目を細めて、亜子の頭をポンポンと撫でた。

「はい！」

ちょっとなれなれしいと思ったけれど、亜子は素直にうなずいた。

＊＊＊

バタバタしているうちに梅雨《つゆ》が明け、本格的な夏がやってきた。

亜子はその日は来客がないのをいいことに、パソコンで不動産情報サイトをチェックしていた。

紙の資料をチェックしようにも、紙は汗でしっとりしてしまうし、扇風機の風との戦いになるから面倒なのだ。何より、亜子の頭は暑さでだいぶ参ってしまっていた。

「ねえ、亜子ちゃん」

「何ですか？」

「いや、上司が呼んでるんだよ？　こっちを見なさいよ」

「いや、だって社長、暑いんですもん」

「何？　こんな美男を捕まえて暑苦しいだなんて、失礼な」

「美男なのは認めますけど、服装が。クールビズしてくださいよ」

呼びかけられて亜子がしぶしぶ顔をあげると、向かいの席では幸吉がその日も涼しげな顔でスリーピースのスーツに、ご丁寧に、きっちりネクタイまで締めている。なのに半袖サマーニットで暑そうにしている亜子とは違い、汗ひとつかいていない。

「別に僕は暑くないんだけど、亜子ちゃんがそう言うなら」

そう言って、幸吉はジャケットを脱ぎ、ベストも脱いだ。そしてネクタイを緩めると、シャツのボタンをひとつ開ける。

それを亜子は、じっと見つめていた。

「ふむふむ。なるほど。亜子ちゃんは鎖骨フェチ、と」

　そんなことを言いながら、幸吉はボタンをもうひとつ外し、シャツの襟元をパタパタと開閉してみせる。亜子は顔色ひとつ変えないけれど、心持ち身を乗り出した。

「ついでに言うと、肩甲骨も好きです」

「じゃあ、見る？　たっぷり見せてあげるよ。今夜でもどう？」

「あ、そういうのはいいんで」

「もーちょっとは恥じらってよ」

「私、いい具合に枯れてるんで恥じらいとかはあんまり期待しないでください」

「枯れないで二十四歳！　僕がお水をあげようか？」

「アウト！　それはセクハラです！　……って、暑い……」

　いつものように幸吉と茶番を繰り広げていた亜子だったけれど、暑さのあまり力尽きた。扇風機一台でやり過ごせるほど、今の日本の暑さは甘くない。

「亜子ちゃん、これからキミにある任務を言い渡します」

「この暑い中、エアコンもないひどい職場で、これ以上何をさせようっていうんです？」

　でろんと溶けたように机に突っ伏したまま、亜子はやる気のない返事をする。そんな亜子を、幸吉はニッコリ顔で見ていた。その日は悪いキツネの顔ではなく、ひなたぼっこ中のキツネのような顔だ。

　幸吉はどうも、珍獣を愛《め》でる感覚で亜子を気に入っている節がある。

「もちろん、何の見返りもなくこの暑い中へ送り出したりしないよ。そうだな……任務を無事に遂行できたら、アイスを買ってあげよう」

　むくりと顔をあげた亜子を見て、幸吉はある高級アイスの名前を口にする。それを聞いた亜子は少し考えてから、しぶしぶうなずいた。

「わかりました。仕方ありませんね。本当ならエアコン設置を条件にすべきなのでしょうが、私も鬼ではありませんので。――ミニカップではなく二リットルのやつで手を打ちましょう」

「う、うん。わかった」

　鬼ではないけれど図々しいぞと言いかけたのを、幸吉は飲み込んだ。少々厳しい条件を出されても、今回のことはできれば亜子にやってもらいたい。

「それで、任務って何ですか？」

　俄然やる気になった亜子は、ハンカチで汗を拭い、キリッとした表情になった。肩上で切りそろえられた髪はシュシュでまとめて、気合い十分だ。

「任務は、家賃の回収です」

「え？」

「お家賃をもらいに行くんだよ？」

「いや、聞こえてますし、意味はわかってますよ。でも、取り立てなんてするんですね。契約のとき、保証会社に加入してないんですか？」

　不動産業界に身を置いて三年目の亜子でも、家賃の取り立てはしたことがなかった。それもそのはず。亜子がこれまでいた駅チカ不動産では、物件の賃貸借契約を結ぶ際に、必ず借り主であるお客さんには家賃保証会社に加入してもらっているからだ。契約時、借り主が保証会社に家賃の数パーセントから一ヶ月分くらいの金額を納めておくことで、いざ滞納したときに保証会社に家賃を代位弁済、つまり立て替えてもらうシステムである。

　家賃の滞納などのトラブルを、貸す側が避けたいというのももちろんあるけれど、保証会社によっては契約が成立した際、不動産会社に何割かキックバックがあるため、不動産会社側が積極的に加入を勧めているという理由もある。

　保証会社が立て替えて払った場合はその後、彼らが借り主から家賃を回収するため、亜子たち不動産会社の社員は取り立て業務を行うことはないというわけだ。

「うちは妖怪とか変わったお客さんが多いから、保証会社には加入できないんだよ。その代わり、保証人は必ず立ててもらってるけどね」

「まあ、妖怪は審査に通りませんもんね……」

　家賃保証会社に加入するためには、必ず運転免許証や収入を証明する書類などを提出して審査される。身元がしっかりしているかとか支払い能力があるかといったことをあらかじめ調べられるということなのだけれど、妖怪にその審査に通れというのは無理な話だろう。

　だから人面犬の犬飼さんも、アカナメの赤田さんも、奇特な人間の知り合いを保証人にしている。

「というわけで、うちで預かってる物件で家賃の滞納があった場合、自分たちで取り立て業務を行わなきゃいけないんだ。これも、立派な仕事ってこと。行ってくれるね？　アイス二リットルのためだよ」

「えー……」

　とんでもないことを言われ、亜子の顔は引きつった。でも、一度引き受けてしまった仕事だし、アイスもほしいしなーと思い、幸吉が差し出したメモに手を伸ばす。それには、住所と名前が書かれていた。

「この二件なんだけど、どちらも何度電話をかけても出ないし、手紙も送ってるけど反応がないんだ。今月で三ヶ月分溜まってるから、そろそろ回収しないと家主さんが可哀想でしょ？　だから、行ってくれるよね？」

幸吉は、流れるように状況を説明した。二件の借り主のうち一件はよほど思うところがあるらしく、かつてのやりとりから生活態度の悪さまで、いろいろと並べ立て続ける。そんなふうに勢いよく話す幸吉を初めて見た亜子は、驚きを通り越してドン引きしていた。こんなことなら、もたもたせずにさっさと引き受けて、早く出てしまえばよかったと後悔する。

「う……わかりました」

「頼んだよ」

亜子がカバンと車のキーを手にしたのを確認すると、幸吉はようやく口を閉じ、黒目を残して微笑んだ。その悪いキツネのような笑顔を見ると、以前の虫屋敷のことを思い出し、もしかしてハメられたのかと亜子は気になった。けれど、もうつっこむ気力はなかった。

「行ってきまーす」

亜子は焼き殺されそうな日射しの下、覚悟を決めて一歩踏み出した。

「ここか……」

幸吉に渡されたメモに書かれた住所とスマホの地図アプリを駆使して、亜子は目的地にたどり着いた。

手をかざし見上げたのは、わりときれいな十階建てのマンション。

「築十年、家賃六万五千円ってとこ？」

建物を見ると築年数と家賃を推理してしまうのは亜子のくせだ。

「今度はオバケでも出るのかなあ？」

井成不動産がこんなマンションを預かっているのが意外で、亜子はそんなことを考えてしまう。やってくるお客さんは妖怪がほとんどだから、どうしても古民家ばかりを扱っていると思っていたのだ。

「三階の五号室、田沼倫太郎《たぬまりんたろう》さんね。何の妖怪さんだろ？」

メモを確認しながら、エントランスの暗証番号を入力してから中に入り、亜子はエレベーターに乗った。

幸吉がののしっていたのが、この田沼倫太郎という住人だった。

『あのポンポコ太郎はさ、とにかくいやーな、悪ーいヤツだから、一発殴って問答無用で家賃を回収していいから。何なら、迷惑料として多めにむしりとっていいから。ムカついたらボコボコにしてもいいよ。いい？　できるね、亜子ちゃん？　僕は困っている妖怪には親切にするつもりでいるけど、あいつだけはだめだ』

などと、とにかくまくしたてるように言っていたのだ。

家賃を回収すること、ボコボコにすること。幸吉がやってほしいのはどちらだろうかと、亜子が考えているうちにエレベーターは三階に到着してしまった。

「すみませーん。田沼さん、ご在宅ですかー？」

亜子はインターホンをピンポンピンポン鳴らし、同時にドアをノックして呼びかけた。しばらく待って、もう一度呼びかけようとしたけれど、中から気配を感じてやめた。

ゴトンとかバタンとかゴソゴソという音がしてから、ようやくドアが開いた。

チェーンをかけたままの、十センチほど開いたドアから覗いたのは、ボサボサ頭の眠たげな男だった。

男は亜子の姿を視認すると、半開きだった目を大きく見開いた。

「何？　俺のファン？　ここまで追いかけてきちゃったの？」

「は？」

「仕方ないな。一回だけね。バイトまで時間ないから、すぐ済ませるな」

男――田沼倫太郎と思しき人物は、チェーンを外すと、大きくドアを開けた。そして強引に亜子の腕を摑み、家の中へと引きずり込もうとする。

「何⁉　済ませるって、何するんですか⁉」

危険を感じた亜子は、片手と片足をドアに引っかけ、抵抗を試みる。幸吉に言われて、せっかくきれいめオフィスカジュアルに決めているのに、がに股でドアにしがみつく姿はあまりに残念だ。

でも、そんなことにはお構いなく、田沼はグイグイと亜子の腕を引っ張る。

「何って、イイコトだよ、イイコト。俺と特別な関係になりたいから、こんなところまで来たんだろ？」

田沼は亜子の腕を引っ張りながら、パチッとウィンクしてみせる。

つり眉にたれ目が特徴的な、女の子にモテそうな男だ。それに気がついた亜子は無性にイラッとして、ドアに引っかかっていないほうの足で田沼を蹴飛ばした。

「ちょ、なになに？　荒っぽいプレイが好きなの？」

玄関に尻餅をついてもなお、田沼は現状を把握できていなかった。そんな間抜けな姿を、亜子は冷ややかに見下ろして言った。

「井成不動産の者ですが。田沼倫太郎さん、お家賃が三ヶ月分振り込まれていませんので、今、ここできっちり耳を揃えてお支払いいただけます？」

「えっ……君が？　あのキツネ野郎のところの？　はー、可愛い子を雇ったんだなあ」

ジトッと鋭い視線を向けられているのにも気がつかず、田沼は亜子のことをしげしげと見つめた。蹴られたことも、まるでこたえた様子はない。

それどころか立ち上がって、ドンッとドアに手をついて、亜子をドアと自分の身体の間に閉じ込めるようにした。壁ドンならぬ、ドアドンだ。

「俺さ、バンドでドラムやってて、かなりモテるんだよ。いい男だろ？　……だからさ、とりあえずこの顔に免じて、家賃待ってくれない？」

ニッコリと、おそらく渾身のキラースマイルを浮かべたのだろう。けれど、その直後に、田沼の顔には苦悶の表情が浮かぶ。

「ナンパな男は嫌いなんですよっ!!」

「ぐほっ」

田沼の腹には、亜子の強烈なパンチが決まっていた。

「もー……本当に大変だった。次の人はまともだといいんだけど」

あれから亜子は、家賃回収業務を遂行した。今、家にお金がないと言うから、付き添ってコンビニまで行き、お金をおろさせた。

ボディブローがよほど効いたのか、その後は亜子が脅かす必要はなかった。

ただ単に振り込み忘れだと言い張ったため、来月は遅れないようにと念を押し、その場で領収証を発行してから立ち去った。コンビニを出たときには、無意識のうちに大きな溜息をついていた。

家賃回収業務など、以前の職場ではやったことがなかった。それなのに、田沼への怒りのあまり、暴力混じりながら無事に回収できたことに、亜子は複雑な思いになっていたのだ。女子的に越えてはいけない一線を越えてしまった気がする……と。

「ここね」

次に取り立てに来ることがあれば、犬飼さんについて来てもらおうかなーなどと考えながら、亜子は目的地へとたどり着いた。

今度は、さっきの田沼がいたマンションとは違い、いかにもな古いマンションだった。

「築二十年？　いや、築三十年未満ってとこかな？　家賃は、四万円から五万円の間くらいよね。……古いもんね」

茶色の外壁を見つめ、亜子は嫌な予感を募らせていた。

「……やっぱりー！　やっぱりー！　わかってたけどぉ！」

そんなことを言いながら、亜子は階段を上る。

亜子の嫌な予感とは、マンションにエレベーターがついていないことだった。築三十年前後の五階建てくらいのマンションには、エレベーターがついていないことがある。そして、このマンションはドンピシャで、エレベーターがないタイプだった。

そして、目的の部屋は五階だった。

「すみませーん。景山《かげやま》さーん。景山省吾《しょうご》さーん」

インターホンを押しても反応が得られず、亜子は呼びかけながらノックした。それでも何も返ってこないため、居留守か本当の留守かを確認するため、亜子はドアにぴたりと耳をつける。

本当なら、あまりそういうことはしたくなかった。ただ、この暑さと田沼とのやりとりで疲れきった亜子は何としてでもアイスをゲットしたかったのだ。そのためには、任務をすべてやりとげるしかない。

耳が慣れてくると、中に人の気配を感じることができた。内容までは聞き取れなくても、誰かの話し声は聞こえてきた。

「いるのか！　居留守とは、図太いやつめ！」

なりふり構っていられない亜子は、若干キャラ崩壊を起こしつつインターホンを連打した。早く出ろ、出るまでこれを鳴らし続けてやるぞ、などと考えながら。

その気迫がドア越しに伝わったのだろうか。やがて、インターホンから返事があった。

『……はい。すみません、ちょっと取り込んでまして……』

「井成不動産の者です。こちらこそ突然のご訪問、失礼いたします」

『あ……！』

景山さんは、ボソボソとしたか細い声で話していたけれど、亜子が名乗ると何の用事かわかったのか、いきなりインターホンを切った。もしや逃げる気かと亜子はあやぶんだけれど、その少しあとにドアが開かれて、ホッとする。

「すみません。家賃のこと、ですよね？」

「はい。……あの、大丈夫ですか？」

出てきた人があまりにもボロボロだったため、亜子の戦意はごっそりそがれた。

景山さんと思しきその人は、よれよれのTシャツに着古した短パンを穿き、ボサボサの頭をしていた。先ほど見た、田沼の寝起きボサボサ頭とは、何だか様子が違う。何よりも亜子を心配させたのは、景山さんがあまりにもやつれていたからだ。

「だ、大丈夫です。あの、お金はあるんですけど、振り込みに行けてなくて……本当、ごめんなさい……」

亜子の「大丈夫ですか」を家賃のことだと思ったらしい景山さんは、腰を折り、本当に申し訳なさそうに何度も頭を下げた。それを見ると、田沼の態度の悪さと比較して何だか可哀想になってしまい、亜子は頭をあげさせた。

「いえ、あの、お金のこともですけど、そうじゃなくて、お身体、大丈夫ですか？　その、何だか辛そうですけど」

「はは……大丈夫です。その、ここ最近あまり眠れてなくて、ついでにこの三日は食事もまともに取れてないってだけなんで、全然、問題ないです」

「問題です！」

景山さんは亜子を安心させようとしたのか、笑顔を浮かべながらそんなふうに語ったけれど、悲壮感が増すばかりだった。

「眠れないって、その、お身体の具合でも……？」

「いえ、仕事が忙しくてですね。その、今、大作を書かされてまして。あ、僕、作家なんですけど」

「書かされてるって、担当さんにですか？　寝ずに書けだなんて、鬼ですか。それとも、締め切りを過ぎてるんですか？」

「いや、担当ではなくて、同居人といいますか……あと、締め切りも過ぎてません……

ははは……すみません」

亜子は、景山さんがそっと背後を振り返るのを見逃さなかった。そして、視線の先に目をやると、そこには、真夏の逃げ水のようにゆらりとした、半透明な人影があった。

「ゆ、幽霊！　景山さん、もしかして、幽霊に取り憑《つ》かれてるんですか⁉」

「幽霊、なんでしょうね。あれが、書け書けって次々に小説のアイデアを僕に話すんですよ。それをどんどん書いて、出版社に送ったらデビューしてしまって、それなりに売れて。僕、幽霊のゴーストライターやってるんですよ、なんちゃってー」

亜子が心底怯えているのにも気づかず、景山さんはへらりと笑ってみせた。けれど、部屋で待つ幽霊が何事かを言ったらしく、慌てて返事をする。

「わかってる。すぐに書くから。うん。わかってる。でもさ、不動産の人にはちゃんと事情を話さなきゃと思って。だって、家賃遅れてるし。そんなことって……そんなことじゃないだろ？　家賃は大事だ。もう、わかったから」

幽霊が話している声は、亜子の耳には届かない。だから、景山さんの様子はただのひとり芝居にしか見えなかった。

景山さんは一生懸命、亜子との会話を続けようとしているのだけれど、どうやら幽霊はそれを許さないようだ。とにかく早く戻ってきて原稿を書けと言っているらしい。

そのやりとりをしばらく亜子は眺めていた。でも、見ているうちにだんだんと腹が立ってきて、ついには口を挟んでしまった。

「あの、幽霊さん。私にはあなたの声が聞こえないんですけど、私の声は聞こえてますよね？　話を聞いてもらってもいいですか？」

突然話しかけてきた亜子に驚きつつも、半透明の幽霊はうなずいた。

「あなたは、たぶん小説に未練が残っていて、こうしてこの世に留まってるんですよね？　そして、景山さんに自分の思い描く物語を書いてもらってる。だったら、もう少し景山さんのことを大事にしたらどうですか？　せっかく、あなたの声が聞こえる人なんですよ？　これからも書き続けてもらいたいと思うなら、ちゃんと労わってあげてください。生きている人間には睡眠と食事が必要なんです。……それと、家賃を振り込むことも」

私、今、幽霊に話しかけてるんだ、ヤバイなあ――亜子は心の中の冷静な部分で、そんなことを考えていた。もしかすると幽霊の逆鱗に触れて祟られたりしちゃうかも……と思い、冷や汗が出てきたけれど、もう止められなかった。

「あの、レイ、わかったって言ってます。すみませんでしたって」

「え？」

「あ、幽霊の名前、レイっていうんですけど、あなたに謝ってますよ」

景山さんがそう通訳をすると、レイと呼ばれたその幽霊はペコリと頭を下げた。それを見て安心したと同時に正気に返った亜子は、膝の力が抜けそうになる。

「わ、わかっていただけたのなら、いいんです。それで、えっと……お家賃ですけど」

「それなら、今から銀行に行っ……」

「わっ！」

景山さんは外へ出ようとしたけれど、一歩踏み出したところでよろめいてしまった。寝不足と空腹に加え、この暑さがこたえたらしい。その身体を亜子は何とか受け止め、床に横たえる。

「もー、無茶するからですよ」

そう言って、部屋の奥のレイをキッとにらみつける。するとレイは焦った様子で激しくゆらめき、頭を下げた。どうやら悪い霊ではないようだ。

「私、景山さんが食べられるものを買ってくるんで、見ててもらえますか？」

レイがうなずいたのを見てから、亜子は最寄りのコンビニを目指し、階段を下り始めた。

＊＊＊

「それで亜子ちゃん、景山さんに差し入れして帰ってきたんだね」

「はい。放っておけませんでしたから」

あれから亜子は、温めれば食べられる食品を買い込んで景山さんの部屋に置いてきた。その日は食事を取ったらたっぷり眠って、元気になったら次の日に必ず家賃を振り込むよう約束させて。

「レイさんにもきつめに念を押してきたんで、大丈夫だと思います。まさか、家賃回収に行って、ナンパ男と幽霊に説教することになるとは思いませんでしたよ」

「でも、やっぱり亜子ちゃんに任せてよかったよ。天職なんじゃない？　あ、ごめんなさい……」

亜子にぎろりとにらまれ、幸吉は小さくなった。その日一日で、亜子はずいぶんと凄みが出てきたみたいだ。

「じゃあ、約束通り、報酬のアイスを買いに行こうか」

機嫌をとろうと、幸吉は約束していたアイスの話をする。でも、亜子は少し考えてから首を振った。

「いえ、結局、景山さんの家賃はまだ回収できていないので、後日でいいです」

食いしん坊だと思っていたのに、妙なところできっちりしている。そんな亜子に、幸吉は驚いたように目を見開き、それから優しい笑顔になった。

「それなら、報酬とは別で、今からアイスを食べに行かない？」

幸吉は、ある人気アイス店の名前を口にする。それを聞いた亜子は、パッと笑顔になってうなずいた。

「はい！　トリプルでお願いします！」

わらし、あやかし、しっぺ返し

夏の盛りの暑さを感じる七月の午後の日射しの下を、亜子は歩いている。

古民家を改装したカフェを訪れた帰りだった。

遊びではなく、きちんと仕事としてだ。亜子は井成不動産が預かっている古民家を改装可の物件として紹介しようと考えており、その勉強のために行ったのだ。

カフェの人たちは親切で、写真を撮るのを快く許可してくれたし、いろいろとこだわりや見所を教えてくれた。古民家のリノベーションに強い工務店も教えてくれた。

気になっていたパスタランチも美味しかったし、お土産にバナナシフォンケーキも買った。だから、暑いけれどご機嫌だったのだ。このときまでは……。

「何だろう？」

歩きながら、亜子は人の視線を感じていた。じっと見られるわけではなく、通りすがりにちらりと見られるような。しかも、嫌な視線ではなく、何となくみんなにこやかだ。

二十四年生きてきて、亜子は自分がすれ違いざまに微笑みを投げかけられるような美女や可愛い女性ではないという自覚はしっかりと持っている。亜子のことをいつもニッコリ見ているのなんて、幸吉くらいだ。

だから、嫌な感じはしなくてもそういう視線を向けられるのが不思議で、少し居心地が悪かった。何か顔についているのではないか、スカートが下着の中に巻き込まれているとかで笑われているのではないかと心配になった。でも、ショーウィンドウに映る姿をサッと確認したけれど、特に何もおかしくはない。

怪訝《けげん》に思いつつも、不思議な視線を浴びながら町を歩いていると、人波の中に見知った姿を見つけた。

「あ、景山さん！　お買い物か何かですか？」

家賃回収のあの出来事以来、景山さんとはすっかり馴染みになっていた。景山さんは家にこもりきりではいけないと、外に出たときにはついでに井成不動産に立ち寄って少し亜子と話して帰るのだ。日頃小説家として生活していると、電話で担当編集者と話すか、幽霊のレイと話すしかないのだという。だから亜子は、気軽に話せる貴重な人間というわけらしい。

「あ、藤代さん。こんにちは……」

「ん？」

立ち止まった景山さんは、亜子の姿を見て、ショックを受けたような顔をした。そして、何だか見てはいけないものを見たというか見たくないというような、そんな目のそらし方をした。

「どうかしましたか？」

「いや……えっと、藤代さん、お子さんいたんだと思って、びっくりしちゃって……」

「え⁉　何言ってるんですか？　お腹⁉　出てるってこと？」

亜子は慌てた。そんなにお腹は出ていないはずだ。決してモデル体型ではないけれど、妊婦さんに間違われるほどではないはずだ。たぶん……。

そんな亜子を不思議そうに見ながら、景山さんはおずおずと言う。

「あの、お腹がどうとかじゃなくて……その子は？」

「え？　君は、どこの子？」

景山さんの視線をたどり、亜子は自分の隣にいる小さな男の子の姿に気がついた。五、六歳くらいだろうか。ニコニコして、そばに立つ様子はまるで亜子によく懐いているようだ。お利口そうで笑顔もとても愛らしく、通りすがりの人が微笑みを浮かべるのが理解できる。亜子が感じていた視線は、この子に向けられていたものなのだろう。

「こんにちは。君、ひとりなのかな？　お母さんやお父さんとはぐれちゃったのかな？　迷子で困ってるの？」

こういった場合にすべき質問を、とりあえず亜子は並べてみた。でも、その子はやわらかそうな頰にえくぼを作って亜子を見あげるだけで、うんともすんとも言わない。首を振ったりうなずいたりすることもない。

「この子は藤代さんのお子さんじゃないんですね……？」

「はい」

亜子の答えを聞いて、景山さんはあきらかにホッとした様子だ。でも、亜子はちっともホッとできない。

「どうしよう、この子……」

戸惑う亜子に、男の子はそれはそれは可愛らしい顔で微笑んだ。


とりあえず、亜子は男の子の手を引き、会社に連れ帰った。何を尋ねても答えない、ただ愛らしい顔で微笑んでいるだけのその子を、どうしてやればいいのかわからなかったのだ。かといって警察に、という気持ちにはなれなかった。

というのも、その子が普通の子だとは思えなかったからだ。

切りそろえられた黒髪、襟つきの白いシャツ、サスペンダーに半ズボンという、絵に描いたようなお坊ちゃんな、どことなく古臭い服装を見てピンときた。おそらく、人間ではない――それが、そういったものに慣れ始めた亜子の勘だった。

服装が世間と少しずれていることが違和感に気づくとっかかりではあったけれど、よく見ればその子がこの暑さの中、汗ひとつかいていないのが決め手だった。もし今が真冬なら、寒そうにもしないのだろうなと、微笑みを浮かべる顔を見て亜子は思う。

「ケーキ、食べる？　冷たい紅茶もあるけど、甘いほうがいいかな？」

男の子を接客カウンターに座らせ、亜子はひとまずおやつを与えてみることにした。小さな子供の相手などしたことがなく、何か食べ物でご機嫌をとるくらいしか思いつかないのだ。

と言っても、その男の子は亜子が何を尋ねても曖昧に首をかしげるかうなずくだけで、手こずらされるようなことも一切なかったけれど。

「美味しい？」

男の子は出されたシフォンケーキを黙々と頬張っていた。亜子が尋ねると、嬉しそうに何度も大きくうなずく。その可愛らしさに、亜子の胸はキュンとなった。

「君はどこの子なんだろうね。でも、こうして見てると和《なご》むからいいか」

実際は何もよくはないのだけれど、亜子はそんなふうに思ってしまっていた。

ちょうどそこに、カラランと来客を告げるドアベル。でも、入ってきたのはお客さんではなく幸吉だった。

男の子の姿を見ると、いつものニッコリ顔を引っ込め、やや険しい顔になった。

「何で座敷わらしがこんなところにいるの？　まさか家探し？　ていうか、亜子ちゃんが僕に買ってきたっぽいケーキをもりもり食べてるのが気になるんだけど」

男の子に対して、幸吉は突っかかるような物言いだ。めずらしく大人げないその様子に、亜子は少し引く。

「社長、小さな可愛いこの子にそんな言い方しなくても……」

「小さな子ぉ？　見た目だけね。座敷わらしだし」

「この子、座敷わらしなんですか？　着物じゃなくて、こんな現代風な格好ですけど」

「妖怪だって、ちゃんと時代に合わせた装いをするんだよ」

「へえ」

改めて亜子がその男の子に目をやると、男の子は輝くような笑顔を見せた。幸吉が言ったことなど、まるで気にしていない様子だ。

「僕、お姉ちゃんの家に行きたいな」

「あ、しゃべった」

唐突に発せられた男の子の甘えるような声に、また亜子はキュンとなる。

「君、私の家に来たいの？　ワンルームの質素なお部屋でよければ、どうぞ」

亜子はデレデレになって、座敷わらしの男の子に言った。

それを聞いて幸吉が血相を変える。

「何？　それはダメだ。僕だってまだ行ったことないんだから！　なんて図々しい子供なんだ」

そんな幸吉を亜子はしらけた目で見る。座敷わらしに向ける視線とは雲泥の差だ。

「『まだ』って、まるで今後そういった予定があるみたいですけど、社長は来ちゃダメですよ。というより来ないでください」

「何で!?」

「だって、社長は可愛くないです」

「なっ……」

ショックを受ける幸吉と対照的に、座敷わらしは嬉しそうにしている。勝ち誇っているように見えなくもない。

「お姉ちゃんのことは、僕が幸せにするね」

亜子の手を握り、座敷わらしは無邪気にそんなことを言う。その天使のような笑顔に、亜子は悶絶せんばかりに歓喜する。

「嬉しい！　そっか。座敷わらしが家に住み着くと幸せになれるんだったね。やーん。今まで彼氏にもそんなこと言われたことなかったし、幸せなんて自分で勝手になってやるって思ってたけど、そう言われるとやっぱり嬉しいなあ」

まるで恋する乙女のようになって亜子は言う。思えば、学生時代の彼氏にもそんな甘い台詞は言われたことがないのだ。可哀想なことに、この手の台詞にあまり免疫はない。

「ちょっと亜子ちゃん、落ち着きなさい。こういう男はダメだよ。『キミのことを大切にするよ。いつでも可愛がるよ』なんてデロデロに甘やかして、自分なしでは生きていかれないようにしたくせに、飽きたからってポイッて捨てちゃうやつもいるんだから。甘い言葉は真に受けるべきじゃない」

ショックからやや立ち直った幸吉は、今度は渋面でそんなことを言う。何を言っても今の亜子には届かないということがわかっていないのだ。

「社長、この子をまるでそのへんの悪い男みたいに言うの、やめてください。座敷わらしくんは、そういう男じゃありません」

「何言ってるの？　知り合ったばっかりで何がわかるっていうんだ！　どっぷりはまって抜け出せなくなってからじゃ遅いんだよ？」

「私、そんなふうに身を持ち崩したりなんてしませんもん！　それに、男の人と同棲するって言ってるわけじゃないんですから」

「あのねえ。僕は亜子ちゃんに自分で餌も捕れなくなった猫みたいになってほしくないだけ。座敷わらしと暮らすって、そういうリスクもあるんだよ？　幸運に慣れきったあとに見捨てられたら、どうなると思ってるの？」

「私、男の人に甘えきりになったりなんかしません！　いつだって、自分の足で立って歩けるようにって考えてますよ！」

途中から完全に、悪い男にはまった女性と、それを諭す友人の図になっていた。もしこの会話をそばで聞いていた人がいたのなら、途中からわけがわからなくなっただろう。何せふたりの間にいるのは、まだ小さな子供なのだから。

「僕、お姉ちゃんのことを幸せにしてあげたいだけだよ……？」

そばでふたりがすごい剣幕で言い合っていたのが怖かったのだろうか。座敷わらしは少し涙目になって、困った顔をしていた。

「君ね、『幸せに』ってすごく責任のいることだってわかってる？」

さすがに泣かれると弱いのか、幸吉の口調はいくらかやわらかくなった。けれど、今度のその物言いは亜子の兄か父のようだ。

「ごめんね。大人が目の前で言い争いしてたら怖いよね。あのね、幸せにするって言ってくれて嬉しかったけど、私は君が私を頼ってついてきてくれて、こうして美味しそうにケーキを食べてくれただけで幸せだよ？　それに、幸せには自分でなるんだって決めてるから、何も気負うことなんてないよ。だから、私の家に来たければ来ていいからね」

亜子は座敷わらしをなだめるように、優しい口調で語りかけた。その言葉は、幸吉に向けたものでもある。

明るく快活な亜子の見た目には似合わないその硬質な言葉に、幸吉も、座敷わらしさえも戸惑うのがわかった。

その場が妙な雰囲気になった、そのとき。

「こんにちは。あらま、可愛らしい」

カラランとドアベルが鳴り、高村さんが入ってきた。手には何だか重そうなダンボール箱を抱えている。

「高村さん、こんにちは。その箱は？」

「そうそう。これね、頂きものの果物なんだけど、ひとり暮らしじゃ食べきれなくて。だから、おすそわけ」

「ありがとうございます」

亜子は慌てて高村さんから箱を受け取った。身軽になった高村さんは、かがんで座敷わらしに話しかける。

「まあ、本当に可愛いわね。あなた、座敷わらしさん？」

高村さんの問いに、座敷わらしの男の子はこくりとうなずいた。

「私ね、ずいぶん昔に、子供の頃ね、お友達の家であなたみたいな子を見たことがあるのよ。……行くところはある？　おばあちゃんのひとり暮らしで構わないなら、一緒に来てちょうだい。あなたみたいな可愛い子と一緒に暮らせたら、私とっても幸せだわ」

高村さんは包み込むような優しい口調で、座敷わらしに話しかけた。その言葉に、座敷わらしの気持ちが動いたのが亜子たちにもわかった。

「うん！　おばあちゃんの家に行く」

座敷わらしは元気よくうなずくと、椅子からおりた。そして、高村さんの手をギュッと握りしめる。

「あの、いいんでしょうか……」

亜子は、ひと目でその男の子を座敷わらしと見抜き、その上自宅に引き取ろうと言ってくれた高村さんに驚いていた。

「いいんですかって、この子を引き取ること？　もちろんいいわよ。子供も大きくなって巣立ってしまったし、主人も亡くなって、ひとりきりだもの。それに、昔から不思議なものに縁があったというか、慣れ親しんできたから、座敷わらしも妖怪も怖くないのよ。むしろ、好きだわ」

「あ……もしかして」

そういえば、人面犬の犬飼さんも、アカナメの赤田さんも、高村さんから預かっている物件に住んでいる。高村さんは契約の一切を井成不動産に任せてくれていたため、ふたりの詳細は伏せていた。けれど、所有している物件のことを何かと気にかけている高村さんなら、ふたりが妖怪であることに気がついていてもおかしくない。

「大事に住んでくれるのなら、人間でも不思議な存在でも構わないって私は思っているのよ。だから、これからもいい方がいたら、どんどん私の物件を勧めてね」

「はい！　ありがとうございます！」

すべてを見透かすような、それでいて優しい高村さんの申し出に、亜子は深く感謝してお辞儀で応えた。そして、ハッと気がついて顔をあげる。

「あの、高村さんからお預かりしている物件なんですけど、リノベーション……きれいに改装して住みたいというお客様にもお勧めしてもいいですか？　最近、古民家を自分で改装して住むというのが流行っていて、『改装可』という文言を掲げるとお客様にご紹介しやすくなるんじゃないかって考えているんですけど」

亜子は慌てて、その日古民家カフェで撮らせてもらった写真を高村さんに見せた。

預かっている物件は、高村さんにとってはただの所有物ではなく大切な思い出だ。だから、もしかしたら修繕ではなく改装してしまうことに抵抗があるんじゃないかと亜子は不安だった。それでも、物件を気に入った人に手を入れられながら住んでほしいとも思っている。その思いを伝えようと、亜子はデジカメの中の写真データを見せていく。

「古いお家が、こんなふうにおしゃれになるのね……素敵だわ」

亜子の手元のデジカメをしばらく見つめて、高村さんはうっとりと言った。

「私が預かっていただいているお家たちも、こんなふうにきれいにして住んでいただきたいわ。だからもちろん、藤代さんの提案に賛成よ」

「僕も。家は、人間に住んでもらってこそだから」

それまでじっと話を聞いていた座敷わらしが、そう口を開いた。そして高村さんとうなずき合い、笑った。


「座敷わらしくん、行っちゃった……」

高村さんと手をつないで出ていった座敷わらしを見送って、ポツリと亜子は呟いた。ひとり暮らしの高村さんが寂しくなくなるのはいいことだと思いつつも、やはり残念だという気持ちもある。亜子もまた、寂しいひとり暮らしだからだ。

「座敷わらしくんは、どうして私についてきたんでしょうか？」

「たぶん、古い家を大事にしてるってわかったからじゃない？　座敷わらしって、ある程度古い木造の家にしか憑けないんだと思うんだよね。新築の家に座敷わらしとか、鉄筋コンクリートのビルに座敷わらしとか、聞いたことないでしょ？　それで、どこかの古民家をめぐってるときに偶然亜子ちゃんを見かけて、ついてきちゃったのかもね」

「そういうことなら、最初から私じゃ無理だったんですね」

しょんぼりしつつも、ワンルームのマンションの一室に座敷わらしがポツンと亜子の帰りを待つ姿を想像して、仕方ないと理解する。

「まあ、高村さんくらいの人がちょうどいいんだよ。ああいうのは、難しいんだ」

「そうですか」

座敷わらしが出ていったドアを呆然と見つめる亜子の頭を、幸吉はポンポンとする。亜子の関心を独り占めしていた座敷わらしが去ってホッとしたのか、その顔には余裕が浮かんでいる。

「それに座敷わらしがいたらさ、婚期を逃してたかもしれないからね」

「座敷わらしって、そんな副作用があるんですか？」

「いや？　ただ、小さい子がいたんじゃ普通に結婚が難しくなるんじゃないのって話。男の人に敬遠されるって意味じゃなくて、ああいう可愛い子がいると満たされて外に目が行かなくなるかもしれないでしょ？」

「そういわれると、たしかに……」

幸吉に言われて、亜子は座敷わらしと暮らす生活を思い浮かべてみた。ケーキを頬張る可愛らしい姿を思い出すと、何だか幸せな気持ちになる。胸の中に温かなものが広がるこの感覚は、きっと恋人ができたくらいでは味わえない。

「可愛かったなあ、あの子」

自分のところよりも高村さんと一緒のほうが幸せになれるというのは理解できていたけれど、やわらかな手の感触やふくふくとした頬を思い出すと、惜しかったなあという気持ちも湧いてくる。

「亜子ちゃん、子供好きなの？　僕も三人くらいほしいなあ」

唐突にそんなことを言う幸吉を、亜子はきょとんとして見た。でもそれがいつもの、セクハラかどうか判断しかねるギリギリな発言だとわかると、思いきり顔をしかめた。

「さあ、仕事仕事！　私、ちょっと用事があるので出てきます」

座敷わらしとのふれあいによってせっかく癒やされた気分を台なしにされたくなくて、亜子はカバンを手に事務所を出ていった。

亜子が向かったのは、以前犬飼さんに教えてもらった小さな稲荷神社の祠だ。

あれ以来、亜子はこの前を通りかかると必ず手を合わせるようにしている。時間に余裕があるときは、簡単に掃除をすることもある。

その日、亜子はこの祠にお供えしようと、とっておきのものを用意していた。カフェの取材を優先してしまったため、来るのが少し遅くなってしまったけれど。

「お稲荷様、今日はいなり寿司を作って来たんですよー」

祠に到着すると、亜子はそう言ってカバンからプラスチックの蓋つき容器に入ったいなり寿司を取り出した。容器には輪ゴムで保冷剤をくりつけてあるから、食中毒対策はばっちりだ。おまけにそのいなり寿司自体にも、刻んだ生姜とそれを漬けていた甘酢を混ぜ込んでいるため、防腐効果も高くなっている。

「ちゃんと味見しました。自信作です」

手を合わせ、そんなことを亜子は言う。祭《まつ》られている神様が食べるわけはないとわかっていても、美味しいものをお供えしたいのだ。

この祠は薄汚れているわけではないけれど、古いし、誰にも顧みられている様子がない。そのことが、亜子は気になっていた。だから、通りかかるたびに手を合わせたり簡単に掃除をしたりするだけではなく、こうしてお供え物をしてみようと考えていたのだった。

これまでは特に信心深いわけではなかったけれど、井成不動産で働くうちに不思議なものがこの世にあると知って、亜子は少し変わった。妖怪がいるのなら、神様もきっといる。それなら、ないがしろにしてはいけないだろうと考えるようになったのだ。

それに井成不動産で働く以上、名前の響き的に稲荷神社を軽んじることはできない気もしていた。

「近いうちにまた、いなり寿司を作ってきますね」

そう言って一礼すると、亜子は事務所に戻るために歩きだした。

＊＊＊

高村さんから許可をもらってから数日、亜子はせっせと資料作りに励んでいた。

数年前からジワジワと古民家ブームが来ている。亜子は、ぜひともそれにあやかりたいと思うと共に、古民家の魅力とそれを自分の思うように改装していくことの楽しさをお客さんに訴えていこうと考えている。妖怪相手の物件の斡旋《あっせん》も大事だけれど、いざ人間のお客さんが来たときにも、きちんと営業できるようにしておきたいのだ。

というわけで、高村さんから許可をもらえた物件のリノベーション例などを載せた資料を作成している。

　もともと、町家を利用した古民家カフェやレストランに興味があった亜子としては、非常に楽しい作業だった。就活中、数ある業種の中から不動産会社を受けたのも、元々そういった方向に興味があったからだ。駅チカ不動産で働くうちに、そんな目的があったことすら忘れてしまっていたけれど。

「亜子ちゃん、楽しそうだね。亜子ちゃんがそういうことに興味がある人でよかったよ。僕にはない発想だからさ」

　幸吉は亜子が作成したチラシの案を眺めながら、しみじみと言った。それは近々、新聞に挟んでもらう予定のものだ。

　改装OKである古民家の資料と改装例をあわせて載せたチラシというのは、それなりに効果があるのではないかと期待している。チラシを見てお客さんが来てくれたときに備えて、古民家を特集した雑誌も何冊か買って用意している。

「やってみたら楽しくて、ハマッちゃいました。元は、少しでも家主さんのためになればと思って始めたんですけどね」

「亜子ちゃん……本当にキミを雇ってよかったよ」

　ねぎらうように、幸吉は向かいの席から亜子を団扇《うちわ》であおいでやった。その微風に最初は亜子は嬉しそうにしていたのだけれど、少し考えてからジトッと目を細めた。

「社長、この事務所もリノベーションしませんか？　リノベーションというより、エアコンつけましょうよ！　私、辛いです！」

ハンカチで汗を拭いながら、亜子は恨めしそうに幸吉を見る。

その日も幸吉はシャツにきっちりネクタイを締め、おざなりなクールビズだ。スリーピースでなくなっただけましだけれど、それでも涼しげな顔を見ると無性に腹が立つ。

「いやあ、僕はね、亜子ちゃん。夏の楽しみには、女の子の下着を見ることも含まれていると思うんだ。露骨なのはいただけないけど、あまりの暑さに汗をたくさんかいて、濡れたシャツの下からほんのりと下着が透けて見えるというのは……なかなか風情があるよね。さあ、どんどん水分補給して、どんどん汗をかいて。ね？」

そんなことを言いながら、幸吉は亜子にスポーツドリンクのペットボトルを差し出す。

暑さで頭が働かず、亜子はそのペットボトルに手を伸ばしかけた。でも、気づいてすぐ、それをぴしゃりとはねのけた。

「え？　何なんですか？　え？　もしかして透けてる……？　えーっ」

亜子は慌てて、幸吉の視線から腕で自分の上半身を守る。ブラウスはそこまで薄手ではないし、ブラウスの下にはキャミソールを着ているから、見えるわけがないけれど。

「うそうそ。大丈夫、見えてないし、見ようとなんてしてないよ。ただね、エアコンをつけると亜子ちゃんが薄着をしてくれなくなるんじゃないかって思うと、やっぱりためらっちゃうなぁ。それと僕、あんまり人工の風って好きじゃないし」

「ガンガンに冷やさなきゃいいんですよ！　それに、ちょっとエアコンつけたくらいで室内が寒くなってくれるような時代は終わったんですよ！」

「そうかあ。じゃあ、検討しておくよ。部屋が冷えて、寒がった亜子ちゃんが僕の腕の中に暖を求めに来るっていうのも期待できるしね」

「そんなことは間違ってもありませんけど、ご検討、お願いしますね！」

上司とのこの茶番のせいでいつもよけいに暑くなることを思い出した亜子は、話を打ち切って作業に戻った。

そこへ、来客を告げるドアベルが鳴る。

「いらっしゃいませ」

亜子がパーティション越しにそう声をかけると、キャッキャと華やいだ女性たちの声と、涼しい風がふわりと入ってきた。

「すみませーん。ルームシェアできるようなお部屋を探してるんですけど」

来店したのは、若い女性三人組だった。三者三様にきれいで可愛らしい、この店にはめずらしい華やかなお嬢さんたちだ。

「あ、このドア、開けたままにしておきますね」

お嬢さんたちの中のひとり、つややかな黒髪とぬけるような白い肌が特徴のはかなげな美人さんがそう言った。

「はい。いい風が入りますもんね。すみません。ここ、暑くて」

亜子は申し訳なくなって、心の中で幸吉に悪態をついた。お客さんにも迷惑がかかっている。だから早くエアコンをつけろって言ったのに、と。

「それで。どのようなお部屋をご希望ですか？　広さとか設備とか、ご予算とか」

亜子は自分のノートパソコンを机から取ってきて、不動産情報サイトを開いた。

井成不動産が預かっている物件だけでは対応しきれないことを想定しての行動だ。

「そうですね……3ＬＤＫが希望なんですけど、リビングが広めなら2ＬＤＫでもいいです。ひとりはリビングの一角をパーティションで区切って個人のスペースにするとかできますし」

巻き髪をサイドにまとめて結った、三人のリーダーのような雰囲気の女性が言った。

それに対して、あとのふたりもうなずいている。

「キッチンがちゃんとしていると嬉しいです。二口のＩＨと見せかけて、片方がヒーターとかいうふざけた作りは嫌。できたら三口コンロがいいな」

そう言ったのは、ショートカットの活発そうな女性だ。自炊をする亜子は、それに対して大きくうなずく。三口コンロは、料理好きなら憧れる人は多いだろう。

「女三人暮らしなのでものが多くなってしまうから、収納が多いほうがいいです」

しばらく考え込んでいた長い黒髪がきれいな楚々とした美人が、控えめにそう発言した。

「わかりました。ひとまず、今のご希望で検索してみますね」

亜子はホクホクしながら、検索ページの必要な項目にチェックを入れていく。

別に妖怪相手の特殊な部屋探しが嫌なわけではなかったけれど、やはりこういった普通の部屋探しは楽しい。

自分と歳が近そうな女性相手というのもよかった。若い女性との部屋探しは、まるで自分の部屋探しのように夢中になってしまうこともある。

「何件かヒットしましたね。この部屋は、3ＬＤＫでコンロも三口です。ただ、お部屋の広さを重視しているので収納は小さめです。こちらのお部屋は2ＬＤＫでコンロは二口、でも収納たっぷりですよ。さらに、こちらのお部屋は2ＳＬＤＫで、サービスルーム……昔風に言うと納戸ですね。収納に使える小さめのお部屋があって……」

亜子は検索でヒットした物件をひとつひとつ丁寧に説明していった。日頃から他社の物件もチェックしているため、セールスポイントも減点ポイントも頭に入っている。気になるところ、マイナスになりそうなところもあらかじめ説明しておいたほうが案外お客さんは食いつくため、そういう部分の説明もおこたらない。

本当は自社が預かっている物件を勧めたいところなのだけれど、古いものばかりで、予算を高めに設定しているお客さんにわざわざ勧めるものではない。だから、日頃からいいものだと目をつけていた他社の物件を紹介している。

女性三人は熱心に亜子の説明に聞き入りながら、ふと顔を見合わせた。そこに浮かんでいるのは、ホッとしたような、嬉しそうな表情だった。

「店員さん、すごくいい子なのね」

「あ、私、藤代と申します」

接客を始める前に名刺を出して名乗っておくんだったと亜子は思い出した。突然ほめられ、照れながら名刺を取り出す。

「ここに来れば、あたしたちみたいなのにもちゃんと熱心に接客してくれる人がいるって聞いてきたんだけど、本当だったたね」

ショートカットの活発そうな女性がそう言って、隣のはかなげ美人に「ね？」と同意を求める。

「当たり前のことをしているだけですから。でも、そう言っていただけると嬉しいです」

面映《おもはゆ》くて、でも嬉しくて、亜子はもじもじした。前の職場では怒られることのほうが断然多かったから、ほめられるのに慣れていないのだ。

「でも、妖怪相手の接客を当たり前なんて言ってくれる人、きっとそういませんよ」

「え？」

はかなげ美人さんの言葉に亜子が驚くと、三人は少し困った様子で顔を見合わせた。

でも、目配せして意見がまとまったのか、ショートカットの女性が代表して口を開いた。

「気づいてないみたいだから言っておくけど、あたしたち三人とも妖怪だからね？」

それを聞いた亜子は、たっぷり間をおいてから、「えー!?」と倒れそうなほど後ろにのけぞった。

「のっぺらぼうにろくろ首に雪女って、みなさん、すっごく有名人じゃないですかー！」

亜子は両手を握りしめ、何度目かの台詞を口にする。興奮しているのだ。

三人の中でリーダーっぽい、しっかりした女性がのっぺらぼうの咲子《さきこ》さん。ショートカットの活発な女性がろくろ首のクロエさん。そして、黒髪の楚々とした美女が雪女の小雪《こゆき》さんだ。

三人ともあまりにも普通の見た目をしていたので気がつかなかったけれど、みんなれっきとした超メジャー妖怪だ。

怖さを感じなかったためか、亜子は有名人に会ったかのように喜んでいる。

「ここで働いてるだけあって、藤代さんは変わってるね。オバケのあたしたちを前にしてそんな反応する人、初めてだよ。肝が据わってる」

クロエさんはそんなことを言って、嬉しそうに首を伸ばす。控えめに伸ばしているのだろうけれど、やはり長い。それを見ても亜子は拍手をせんばかりに喜んでいた。

「まあ、私たちも人の世に紛れるための努力をしてますからね」

「わあ、すごい。そんなふうに顔を変えられたら、毎日メイクが楽しそう」

亜子は、咲子がまばたきするたびに顔をのっぺらぼうにしたり流行の顔に作り変えたりするのを見て感激の声をあげた。その反応のおかしさに、美人妖怪三人は笑った。

「って、お三方とも妖怪ということは、保証会社の審査が通らないから、他社の物件のご紹介は難しくなりますね……」

有名な妖怪に会ったということで興奮していたけれど、それが落ち着くと亜子は重大なことに気がついた。

井成不動産が預かっている物件ならば、家主さんを説得して家賃保証会社の審査を通す代わりに保証人を立てることで借りられるかもしれない。

けれど、他社の物件は、そうはいかないだろう。最近では賃貸借契約のときに家賃保証会社に加入するのが一般的になっている。つまりは、妖怪は契約することができない。

「んー残念。あたしたち、飲み屋で働いてるから、資金だけはあるんだけどね。ダメかー」

「はい、すみません……」

本気で残念そうにするクロエさんに、亜子は申し訳なくなった。それに、亜子としても残念だ。予算に余裕があるお客さんとの部屋探しは、自分では到底住めないような物件を見られて楽しいし、成約となれば発生するお金も大きいからだ。

「でも、うちが預かっている物件にも、いいものはありますから」

興奮が落ち着いて冷静になって身体が冷えたのだろうか。亜子は二の腕をさすりながら物件資料を整理してあるファイルのページをめくった。

パッと思いつくのは、田沼がいるマンションか景山さんがいるマンションだ。田沼のいるマンションは、築九年とそこまで古くなく、オートロックつきで女性に勧められる要素もある。景山さんがいるマンションは古いが、中は三年前に改装済みということできれいだ。その上、家主さんが奇特な方で、入居者が畳を嫌がるようだったらフローリングに貼り替えてもいいとまで言っている。ただ、このふたつのマンションはどちらも三人暮らしには少し手狭なため、勧める候補に入れていなかったのだ。

「……ごめんなさい。藤代さん、寒いですよね」

「え？」

鳥肌まで立ち始めた亜子を見て、小雪さんが眉根を寄せひどくすまなそうな顔をした。そんなことを言われても亜子は、「美人は困った顔しても美人だな」などと思っただけで、言われた意味をわかっていなかった。

「あー、ここは狭いから、すっかり冷えちゃったんだね。ほら、この子、雪女だから」

「あ、なるほど……」

クロエにそう言われ、ようやく亜子は事態を飲み込んだ。やたら涼しいと思ったら、外からの風ではなかったのだ。ドアを閉めないのは風を通すためだと思っていたけれど、閉め切って冷やしすぎないようにという配慮だったらしい。

「すみません。セーブはしてるんですけど、身体からにじみ出ちゃう冷気はどうにもできなくて……」

体を縮こまらせる小雪さんを見て、クロエさんと咲子さんは笑ってみせた。

「夏は冷房費用が浮いて助かってるよー」

「そうそう。それに、冬なんてあなたが何もしなくても寒いもん。だから気にしなくていいんだよ」

その仲のよさそうな様子を見て、亜子は三人が暖かく暮らせる部屋を紹介したいなと思った。

「あ、暖かい家といえば……西日が射して、一度暖まるとなかなか室内が冷えなくて夏は辛いって言われてる家があるんですけど。小雪さんがいらっしゃるなら、この家は安心してお勧めできます」

ひらめいた亜子が三人に見せたのは、高村さんの古民家のひとつ。入居者が自由に改装してもいいという許可はもらっていたけれど、同時に「冬はいいけど夏は本当に暑くて大変なのよ」という忠告もいただいていた家だ。

「古い家ですけど、改装ＯＫなんです！　だから、最近流行のＤＩＹで自由に、おしゃれにも可愛くも改装できるんですよ」

三人が手元の資料に食いついたのを感じて、亜子はすかさず雑誌を開いた。付箋を貼っておいたバリのリゾート風の部屋や、フランスのアパルトマン風の部屋を見せる。その雑誌には、かかった費用や時間も載っており、それを根拠に実現可能であることを説明していく。

「すごい！　このお部屋、可愛いね。こんなとこに住んでみたいけど、いざ借りるとしたら絶対高いもんね」

「そうだね。戸建てだったら、ひとり一部屋持てるし、好きにできるのって素敵」

「こういうのテレビで見て、やってみたいと思ってたの」

もともと興味があったのか、亜子の説明がよかったからか、三人はどんどん古民家改装に乗り気になっていった。

＊＊＊

亜子が何度も幸吉に頼んでいた甲斐あって、数日前にようやく井成不動産にエアコンがやってきた。

エアコンが設置されてから、亜子は日々健やかだ。これまで暑さに耐えてカラ元気で愛想のいい接客をしていたのだけれど、今は本当に気持ちよく働けている。

「社長がエアコンをつける気になってくれてよかったです」

「まあ、亜子ちゃんは頑張ってくれてるし、最近いいことがあったから、つけてもいいかなーって思ったんだよね」

亜子の向かいの机で早めの昼食を取っている幸吉は、機嫌がいいらしくニコニコしている。おそらく、いなり寿司を食べているからだろう。亜子が知るかぎり、幸吉の昼食は必ずいなり寿司だ。海苔巻きとセットになっている助六ではなく、いなり寿司オンリーというのがどうもこだわりのようだ。

「いいことって、何があったんですか?」

そういえば幸吉はプライベートの話をしないなと気がつき、亜子は尋ねてみた。推定三十代半ばのこの上司は、なかなかに謎に包まれている。

「ふふん。最近ね、住み処がきれいなんだよ。やっぱり、自分の身の回りがきれいだと気持ちがいいよねー」

「あー……よかったですね」

何か楽しそうな話でも聞けるかと思ったのに、意外な答えが返ってきて亜子は少し引いた。そういえば、独身男性を中心に便利なお掃除グッズが流行し、〝お掃除男子〟なる言葉も生まれているとテレビで見たことがある。イケメン上司がキッチンの油汚れと戦うことや、水回りのカビ取りを何よりの楽しみにしているのは想像すると何だか切なくなって、すぐに別のことに頭を切り替えた。

幸せなことに日々の仕事は充実し、亜子は考えなければならないことがたくさんあるのだから。

古民家リノベーションの初のお客さんである咲子さんたちの物件は、順調に生まれ変わっている。高村さんから許可を得て、入居する前から改装を進め、亜子は時間があればその様子を写真に撮らせてもらっている。

駅チカ不動産では味わえなかった充実感が、井成不動産の仕事にはあった。そのおかげで、疲れきっていた亜子はまた生き生きと働けるようになったのだ。

「お電話ありがとうございます。井成不動産です」

亜子は明るく電話に出た。学生時代のバイト仕込みのその電話対応は、前の職場でほめられたし、幸吉にも評判がいい。はたで聞いていても気持ちがいいねと言われている。

でも、そう思わない人間もいるのだ。

今かけてきた相手が、ちょうどそういう人間だった。

『今日もバカ丁寧だな。不動産屋の接客で、そういうのはいらねえんだよ』

久しぶりに聞いたその不愉快な声に、亜子は自分の身体が強張るのを感じた。聞けばすぐわかる、亜子にとってはひどく耳障りな声。

名乗りもしないその相手が誰なのかわかってしまったことが嫌で、亜子はすっとぼけることに決めた。

「申し訳ありませんが、どちら様でしょうか」

『俺だよ、俺。戸塚だよ。お前、先輩の声を忘れるとか失礼なやつだな』

「あ、戸塚さんでしたかー。すみませんー。気がつきませんでした。お疲れさまです」

内心ではひどくイライラしながらも、亜子は精一杯愛想を保って応じる。どっちが失礼だよというつっこみは、グッとこらえた。

『お前、本当にその会社にいるんだな。突然来なくなったかと思ったら、同業他社に引き抜かれたとか、ひと月前から話は通ってたとか引き継ぎはされてたとか聞かされても、俺は全然聞いてないし、一体何事かと思ったぞ』

戸塚はねちねちと嫌みったらしく話す。会社の電話からではなく自分の携帯電話からのため、取り繕う様子がない。会社で顔を合わせるときは、もう少しましな態度だった気がするのだけれど。

「すみません。戸塚さんにもご挨拶したつもりだったんですけど、いつもお忙しそうですもんね」

本当は幸吉が何かうまいことやってくれたのだろうけれど、亜子はしれっと嘘をついた。ほかの人ならいざ知らず、戸塚に丁寧に説明することなどしたくなかったのだ。

「それで、何のご用件でしょうか？　このあと予定が入ってますので、なるべく手短にお願いします」

くだらない世間話には付き合わないと、亜子は言外ににおわせた。正直、今すぐにでも電話を切ってやりたいくらいだった。

会社を辞めてから実感したのだけれど、亜子はこの男のことが苦手だったのだ。いや、はっきり言えば、大嫌いだ。

そういった態度を受話器越しに感じたのか、戸塚は馬鹿にするように鼻で笑った。

『お前、強気だな。そんなふうに強気なのって、やっぱお前、そこの社長のお気に入りってやつなの？』

戸塚の下卑た声音から言わんとすることがわかって、亜子は瞬時に顔が赤くなった。

でも、それを悟らせるわけにはいかない。

「は？　何言ってるんですか？」

『いい子ぶるなよ。あれだろ？　社長と仲良くして、それで採用されたんだろ？　すげえよな。転職のために身体張るって。まあ、そういうしょぼい会社の社長相手ってのが、お前らしいけど』

「違います。そういう言いがかりはやめてください！」

『言いがかりじゃねえだろ。じゃなきゃお前みたいな使えねえやつが転職なんかできないだろ。あーあ。そんなんだったら、俺も一回お相手してもらえばよかったな』

戸塚は渾身のジョークが決まったとでも言うように、嫌な感じの笑い声をあげていた。それを聞いて亜子は、こめかみのあたりがひどく痛むのを感じた。顔も熱い。

怒りのあまり頭に血が上ったのだと理解した亜子は、落ち着くために遠くを見ようとした。でも、心配そうにした幸吉と目が合ってしまい、慌てて顔を伏せた。

「そういう冗談、私は笑えませんから。……電話をかけてきたのは、何か用があったからですよね？」

幸吉にこれ以上、声を荒らげたところは見せたくなくて、亜子はグッとお腹に力を入れてこらえる。

『あーそうだったな。お前んとこ、ボロい物件ばっか持ってんだろ？　特にひどいやつ、何件か資料送れ。客にコロシの物件として見せるから』

「……わかりました」

戸塚の物言いは、最後まで腹の立つものだった。特に、井成不動産が預かっている物件をボロいと言ったのは許しがたい。それにコロシ——決めたい物件の引き立て役として使うなどという発言は、聞き捨てならないものだ。

それでも、これ以上話を長引かせたくなくて、亜子は電話を切った。何より、この男は断ってもわかっていることはわかっている。

受話器を置くと、亜子の口から大きな溜息がこぼれた。

それを聞いた幸吉が、心配そうに亜子を見る。

「亜子ちゃん、大丈夫？」

「あ、はい。大丈夫です。前の会社の人からだったんですけど、その人、話長くて、冗談も全然面白くなくて……困っちゃいますよね」

戸塚とのやりとりを知られたくなくて、亜子は無理して笑顔を作った。

けれどそれは、幸吉には通用しない。

「何か嫌なこと言われた？　辛そうだよ」

幸吉は、いつものキツネのような笑みをひそめ、真面目な顔で亜子を見つめていた。

そんなふうにただまっすぐに心配されて、亜子はたまらなくなる。気がついたときには、亜子の目には涙が盛り上がっていた。

「す、すみません……こんなの、全然平気だと思ったんですけど……というより、社会人なら、こんなこと、平気じゃなくちゃいけないんですけど、流せなくちゃいけないんですけど……すみません。我慢が足りなくて……」

向かい合わせの机ではごまかすことはとてもできなくて、亜子の涙は止められなかった。戸塚の言葉なんかに傷つきたくなかったのに。

「流せる人がいるから流せなきゃいけないなんてことはないし、できる人がいるからってできなきゃいけないなんてことはないんだよ。亜子ちゃんが辛いと思ったのならそれは辛いことだし、嫌だと思ったのなら嫌だと思っていていいんだ。周りのものさしを自分に適用して苦しむ必要なんかないんだよ？」

何も事情を聞かないまま、そんなことを言ってくれた優しさが嬉しくて、そして痛くて、亜子はさらに泣いた。幸吉はいつだって亜子に親切で優しいけれど、こんなふうにわかりやすく優しかったことは初めてだ。

こんな思いやりのある幸吉を、戸塚は侮辱したのだ。それに対して、もっと強く否定すべきだったと亜子は後悔した。自分のことは馬鹿にされても、せめてこうして拾ってくれて仕事をさせてくれているこの人のことは、ちゃんと認めさせたかったと。

「……もう、すごく嫌な人で、腹が立ちすぎて何を言われたか、忘れちゃいました。でも、うちが預かってる物件を何件か紹介してほしいって言ってました。その、コロシに使うからって」

戸塚が井成不動産の物件をコロシとして使うということだけは、亜子は伝えようと思った。本当にお客さんに真剣に紹介してもらえるつもりで資料を送ったのでは、きっと嫌な思いをするに違いないからだ。

「……そっか。じゃあ、物件の資料は僕が送っておくよ。ついでに、鍵もお届けしてこようかな」

亜子が話したがらないのを悟って、幸吉は追及しなかった。そしてまた、いつものキツネのような笑みを浮かべる。悪だくみをするときのキツネ顔だ。

「亜子ちゃんが前の会社でお世話になった人なら、僕もよーくご挨拶しておきたいからね。とびっきりの物件を紹介してくるよ。だから亜子ちゃんは今すぐ顔を洗って、お化粧を直しておこうね」

ニッコリとして、幸吉は車のキーと見慣れないプラスチックケースを手に事務所を出ていった。

よく見れば、その笑みがいつもと違う、もっと鋭いものだったことに、亜子は気づいていなかった。

＊＊＊

「別に、そこまでボロくねーな」

夕方の住宅街。一軒の家を前に、若い男が呟いた。

緩くパーマのかかった茶髪にスーツ姿の、何だかチャラチャラした男。駅チカ不動産という会社に勤める、戸塚という男だ。

明日案内する予定の客に見せるために物件の下見に来ていたのだけれど、思っていたものと違い、拍子抜けしていた。コロシに使うから、とびきりボロボロの家を紹介しろと言っておいたのに、あの女、マジ使えねえ。

『井成不動産の者です。頼まれていた物件の資料と鍵を持ってきましたよ』

そう言ってその日の午後に駅チカ不動産に現れたのは、元後輩ではなく、見慣れぬ長身のイケメンだった。

戸塚はその男と対峙して、首をひねった。この辺りの同業者の顔は大抵知っていると思っていたのに、どれほど考えてもその男のことを思い出せそうになかった。

『物件の場所がわかりにくいので、下見をお勧めします。特に、これなんか』

男は戸塚が名刺を差し出そうとするのを手で制し、資料と鍵を押しつけた。にこやかな笑みを浮かべていながらも、まとう空気は鋭い。そうやって威圧されたため、名刺交換の機会を逸してしまい、戸塚は結局その男の名前を知ることができなかった。

わかっているのは、その男は元後輩である藤代亜子の転職先である、井成不動産の人間であるということだけだ。

「面倒くせえ……」

悪態をつきながら戸塚は鍵を開け、家の中へと入った。本当なら、コロシの物件の下見など面倒くさくてしたくなかったのだ。

それに、言われるがまま下見をするのも嫌だった。でも、下見をしていなかったばかりに、あの男の言った通り、場所がわからず困るのはもっと嫌だったのだ。

そこまで古くないはずなのに、妙に気味が悪いのも気がかりだった。しかし、ここで引き返して中を見ないと、あの男に負けた気がする。

家の中は、まだぼんやりと明るかった。カーテン越しに夕焼けのオレンジ色がにじむように入り込んできている。

その灯りを目指して、戸塚は歩いた。

廊下を抜け、まずはリビング。何もない空間だと思っていたのに、そこには古いソファがあった。処分するのが面倒で、家主が置いたままにしているのだろうか。

「……っ」

突然、ぴちゃんと水がはねる音がして、戸塚は思わず飛び上がってしまう。振り返ると、キッチンのシンクに蛇口から水がゆっくりと滴っていた。

「水道、止めてねえのかよ……」

苛立ちながらも、戸塚は蛇口を固く閉めた。

「次は和室か」

間取り図を確認すると、リビングの奥に和室がある。閉め切られた襖《ふすま》の向こうが、その和室だろう。気乗りがしないけれど、戸塚は襖を開けた。

六畳ほどの、何の変哲もない和室だった。でも、何かの気配を感じて視線をめぐらせると、申し訳程度に存在する床の間に、人形が置かれたままになっていた。

「何で着せ替え人形なんだよ……コケシか日本人形だろ、和室なら」

これも家主の忘れ物だろうか。外国の女の子の名前がついたその子供向け人形は、妙な存在感を放って床の間に鎮座している。

自分を怖がらせた人形をにらみながら、戸塚は次の部屋に向かう。

リビングを出て、玄関のほうに戻ると途中に階段がある。その階段を上ると、小さな廊下と、それを挟んで三つの部屋。

一番近くの部屋のドアを戸塚は開けた。そこは何もない洋室だったけれど、ひどく空気がよどんでいて暑かった。どうやら西日が射すかららしい。薄いカーテン越しの夕日のせいで、部屋の中はまるで燃えるように赤い。

何かあるわけではないのにひどく気味悪く思えて、戸塚はすぐにその部屋を出ようとした。コロシとして使うだけの物件だ。細部までこだわって見ておく必要はないことに、今さらながら気がついたのだ。この家自体から早く遠ざかりたい気持ちが足を速める。

戸塚はドアノブを回すけれど、まるで何かが摑んでいるかのように動かない。

「……は!? 何だよ、ふざけんなよ！」

ガチャガチャと何度も試みるも、ビクともしない。

「そうか……古い家だから、建てつけが悪いんだな」

冷静になろうと、戸塚はそんなことを呟いて、ドアから一旦離れた。

汗を拭って、何度か深呼吸をして息を整える。落ち着いて、角度をつけて何度か回せば案外うまくいくだろうと、そんなことを考えてみる。

再びドアノブに手をかけようとしたとき、ドアの向こうに気配を感じた。いや、気配というより、音だ。

何かが引きずられるような、床をこする音がする。

「…………」

聞きたくないと思うのに、戸塚はその音に耳を澄ませてしまっていた。

——ずー……ぺたん、ずー……ぺたん…………。

引きずる音と、踏みしめる足音に聞こえ、戸塚は考えたくもないのに足を引きずる人間の姿を想像してしまった。

そんなものはいるはずないのに。ここは、入居者を募集している空き家なのだから。でも、否定しようと思っても、頭の中からその姿を追い出そうとしても、もう無理だ。

「……ひっ」

ふいに、音が止んだ。この部屋の前で気配が止まったのだと気がついたときにはすでに遅かった。

——ガチャガチャガチャ！

激しくドアノブを回そうとする音が響く。ドアの向こうの何者かは、この部屋へ侵入しようと試みているのだ。

戸塚は慌てて、ドアノブを押さえた。万一開けられたときのことを考えて、身体をドアにべたづきにする。

しばらくするとあきらめたのか、その音が止んだ。戸塚はドアに耳を当て、部屋の外の様子を探った。何の音もしない。とりあえず危機は脱したかと、ホッと息をついた。

しかし、それも束の間。

——ドンッ！　ガンッ！

何か硬いものが金属に激しく打ち付けられる音。

ドアが壊されようとしているのだとわかった瞬間、戸塚の恐怖は頂点に達した。

その直後、日の暮れる住宅街に男の悲鳴が響き渡った。

＊＊＊

「お電話ありがとうございます。井成不動産です。……って、お久しぶりです！」

ある日のこと。亜子がいつものように丁寧に電話に出ると、相手は馴染みの人物だった。

「何か物件を探してるんですか？」

『いやいや。藤代さんのとこから借りてた鍵がうちにあるからさ、届けようと思って。今、会社にいるかたしかめたくて電話したんだ』

電話の相手は、亜子の前の職場である駅チカ不動産の先輩社員だった。井成不動産の鍵と聞いてすぐにはピンと来なかったけれど、少し考えてから亜子は思い出した。

「あ、戸塚さん！　そうでした。戸塚さんにコロシの物件に使うからって、何件か鍵を貸してたんでした」

『あいつ、そんなこと言ってたの？　常識ないな。普通、他社の物件をコロシに使うとか失礼すぎて絶対に言わないだろ』

　受話器の向こうで先輩社員が心底呆れたように言うのを、亜子は安心して聞いていた。戸塚をおかしいという人間はほかにもいた。それだけでほんの少し、溜飲を下げられる気がする。

「それで、どうだったんですか？　コロシの甲斐あって目当ての部屋が成約したんならいいんですけど」

『それがさ、あいつ、ここ一週間くらい休んでるんだよ。物件の下見から帰ってきたら、幽霊見たとか言ってめちゃくちゃビビりやがってて。そんなもんが怖くて、この業界でやってられるかっての』

　先輩社員がそう言って笑うのを、亜子は内心でひやひやしながら聞いていた。日にち的にいっても、たぶんその物件は井成不動産のものだ。

　幸吉は、戸塚に一体どんな物件を紹介したのだろうか。戸塚のような男が本気で怖がるのだ。おそらく、本当にやばいものなのだろう。亜子が把握している物件の中には、そんなものはない。

「あ、鍵ですけど、私が取りに行きます！　今、ちょうど時間が空いてるんで」

『そう？　助かるわ。じゃあ、またあとで』

受話器を置いて、亜子はすぐに車のキーを手にした。戸塚を恐怖に陥れた物件のことが、気になって仕方なくなったのだ。

でも、ちょうどそこに幸吉が帰ってきた。暑い外から帰ってきたというのに、汗ひとつかいていない。

「あれ、亜子ちゃん。どこに行くの？」

「ちょっと駅チカ不動産に。戸塚さんにこの前貸した鍵を取りに行こうと思って」

「ああ。それならちょうど今、僕が取りに行ったところだから」

「え……？　でも、今……」

信じられないという亜子に、幸吉はチャリンと鍵を掲げてみせた。でも、亜子が手を伸ばすと、ひょいと高いところにあげてしまう。

「あ、あの……戸塚さんには、どんな物件を紹介したんですか？」

きっとこれは答えてもらえないなとわかっていながらも、亜子は尋ねた。

案の定、幸吉はニッコリと、目を細めて微笑んだ。例のキツネの面のような、感情が読めない顔だ。

「僕の可愛い亜子ちゃんには、絶対に行かせられない物件、かな。とびっきりの、とっておきの物件だからね」

「……あ、ありがとうございます」

たぶん、幸吉は戸塚をやっつけてくれたのだろう。そのことがわかった亜子は、そっとお礼を言ってみた。

「んー？　お礼を言われることは、何もしてないけど」

幸吉は、優しい眼差しを亜子に向ける。そんな視線を向けられると、物件のことは蒸し返せそうになかった。

「そんなことより亜子ちゃん、ちょっと今から一緒に外に行こうか」

どうしたらいいのかわからなくなっている亜子に、幸吉はニコリと笑ってみせた。切り替えて仕事をしろという、上司としての気遣いなのだろうか。

「いいですけど、どこに行くんですか？　ふたり揃って出かけると、事務所を閉めることになりますけど」

何せ井成不動産は社長の幸吉と、唯一の社員である亜子のふたりしかいない。やむを得ず「留守中」の札をドアに下げて出かけることはあるけれど、進んで留守にするのはどうかと思う。

「いいよ。たまにはね」

ニッコリと幸吉に言われれば、亜子はうなずくしかない。

「それで、どこに行くんですか？」

「亜子ちゃんが日参してる、あの改装中のお家だよ。それと、この辺りを一緒に歩こうかなと思って」

そう言うと、幸吉は先導するように歩きだした。亜子も、そのあとを追って事務所を出る。ドアの内側にかけてある札を「留守中」にするのを忘れずにやって、鍵をかける。

「駅チカ不動産の周辺と比べると、寂しいところだよね」

歩きながら、幸吉は周辺に目をやった。

亜子が以前働いていた駅チカ不動産の小佐木店があるのは、ここから二駅離れた比較的新しい町だ。今現在も駅前にどんどん新しいビルやマンションが建てられていて、人気のエリアになりつつある。

それに対して井成不動産があるこの尾白駅周辺は、寂れていく一方の古い町だ。かつては大陸貿易の要として栄えた大きな港があり、船の乗組員が利用するための大きな食堂や百貨店などもあった。しかし、今はただの住宅地になりつつある。

「空き家が多いですもんね。でも、私はこの町の雰囲気、嫌いじゃないです。タイムスリップしたみたいな気分になりますもん」

幸吉のあとについて小道に入った亜子は、古い建物を見て微笑んだ。

「社長、ちょっと寄り道していいですか？」

「どこ行くの？」

「この近くに稲荷神社があるじゃないですか。ついでだから、そこに手を合わせようと思って」

せっかく近くを通るなら手を合わせて行こうと思い、亜子はあの祠のほうへ足を向けた。掃除をしたり、いなり寿司を供えたりするうちに、亜子はすっかり小さな稲荷神社に愛着を持つようになっている。

「私、近くを通りかかったら必ず手を合わせるようにしてるんですよ」

そう言って手を合わせる亜子を、幸吉は何ともいえない顔で見ている。それに気づき、亜子はキッと鋭い目を向ける。

「ほら、社長もちゃんと手を合わせてください」

「えー」

「お稲荷様を大事にしないとダメじゃないですか！　うちの会社の名前、井成不動産なんですし。私なんか、週に何回かは手作りのいなり寿司をお供えしてるんですからね！」

この稲荷神社に妙に肩入れしている亜子は、そう言って胸を張る。お供えするたびにきちんとなくなっているから、もしかしたら神様が食べてくれているのではという淡い期待を抱き始めてからは、ますます熱心に足を運ぶようになっているのだ。

亜子の剣幕に押された幸吉は、「そうか、手作りなのか……」などとブツブツ言いながら、にやけつつ手を合わせる。それを見て満足した亜子は、再び幸吉を促して歩きだした。

井成不動産の近所は花街があった名残で、モザイクタイルの洋風の建物や重厚な和風建築の建物が混在して建ち並んでいる。どこか懐かしさを感じる景色のため、古い時代を舞台にした映画のロケに使われることもある。

「まあ、きれいごとばかりではないですけど……でも、古いものを手入れして使って、次の時代に受け継ぐのって、いいなって思うんです」

「亜子ちゃんが、そういうふうに考えられる子でよかったなって僕は思うよ。古くなったらいらないもの、だめなものって考え方は、ちょっと寂しいもんね」

まるで眩しいものを見つめるように目を細めて、幸吉は亜子を見た。その視線の意味がわからず、亜子は曖昧に首をかしげた。

話しながら歩いているうちに、幸吉と亜子は目的地、咲子たちが住む予定の家へとたどり着いていた。

　ふたりの目の前にあるのは、木造のこぢんまりとした二階建ての家。築六十年で、この辺りの建物の中では中堅どころの古さだ。さらに坂を上っていったところにある古い住宅街には、驚くことに、築百年を超える建物がポンポン存在している。

「外観は、まだ手を加えてないんだね」

　古いままの家の見た目に、幸吉が不思議そうに言った。

「咲子さんたちが凝ってるのは内装ですから。あれ？　今日はいないみたいですね」

「外からわかるの？」

「はい。中で作業してたら、楽しそうな声が外まで聞こえてきますから。残念だなぁ。もしかしたら、ホームセンターに資材を買い足しに行ったのかも」

　作業の工程を見せてもらうためにたびたびここを訪れている亜子は、妖怪三人娘をホームセンターまで連れて行ったこともある。彼女たちは理想の部屋を作るために、ほとんど工務店の人たちの手を借りずに自分たちの力だけで改装作業をしているのだ。女の子三人が和気藹々《あいあい》とペンキを塗ったり釘を打ったりする様子はなかなか楽しそうで、亜子もＤＩＹをやってみたいと思うようになっていた。

「じゃあ、この辺を案内してあげよう。まだまだ、亜子ちゃんが知らない道があるはずだからね」

「はい！」

幸吉は再び歩きだすと、スイスイと泳ぐように細い路地を歩きだした。置いていかれないよう、亜子はその後ろを早歩きでついていく。

幸吉は基本的に紳士的で優しいけれど、女性である亜子の歩幅に合わせて歩くということはない。その長い足を存分に活かしてスタスタ歩くため、亜子はいつもヒールを履いた小さな足でちょこちょこついていくことになる。でも、それは決して嫌ではなかった。幸吉の背中は「ついておいで」と言っているようで、それを見ると、亜子は自分がただの若い女の子ではなく仕事を任せる相手として認めてもらえているようで嬉しくなるからだ。

表の道からどんどん外れていき、気がつくとふたりは猫が通るような細い道を歩いていた。古い町だから、家と家の距離が近い。今の建築基準法では絶対に建てられないような、そんな近さだ。幸吉は気まぐれのように角を曲がりながら、やがてさっきとは別のある程度広い道に出た。

「この道は知りませんでした」

「でしょ。お客さんを案内するときは使えないしね」

「あ、あそこ、空き地になってる」

見知らぬ景色にきょろきょろとしていた亜子は、古い建物が並んでいる通りに、ぽっかりと空いた土地を見つけた。

「ああ。古い小さめの長屋があったんだけど、取り壊されたんだよ」

「そうなんですか……」

「大丈夫。地鎮祭《じちんさい》は済んでるみたいだし、近々新しい建物が建つよ。何が建つかわからないけど、新しいものが建つっていうのは町を元気にさせる力があるから」

古い建物がなくなったと聞いて寂しそうにする亜子に、幸吉は指を指しながら説明した。その土地はきれいに整地してあるし、立ち入り禁止のロープが張ってある。

でも亜子はそんなことよりも、もっと別のことが気になったようだ。

「あの、社長……地鎮祭をしたってことは、ここはオバケがいたってことですか？」

オバケが怖くて不動産業界で働いていられるかと思ってはいるものの、亜子は実際はそういったものが怖い。だから、地鎮祭というものがどんなものか知らず、その言葉の響きだけで怯えた。

「そっか。賃貸部門にずっといた亜子ちゃんには馴染みのない言葉だったかな」

怖がる亜子に、幸吉は優しく苦笑いを浮かべた。

「地鎮祭って、別にオバケがその地にいるから祓《はら》います、鎮めますってものじゃなくて、その土地の神様へのご挨拶だからさ。引っ越しのとき、きちんと挨拶しといたほうが、ご近所トラブルも防ぎやすいってやつ」

言いながら、幸吉はまたてくてくと歩きだす。ついていくと、やがて一軒の建物の前で足を止めた。そこは、古きよき時代の香りがする駄菓子屋だった。

「亜子ちゃんだって、隣の部屋の人が物音を立てても、それが引っ越しの挨拶をしてくれた人なら『お、バタバタしてるな』くらいで済ませられるでしょ？　でも、逆はどうだろう？　挨拶もしてこない隣人の立てる物音って、きっと気になると思うよ。地鎮祭って、つまりそういうことなんだ。神様に『ちょっとお騒がせします』って伝えてるんだよ。でも、最近じゃしない人も増えたみたいだけどね」

店内にひと声かけてラムネを二本、店先の冷蔵庫から取ってきた幸吉は、ビー玉を中に押し込んで亜子に手渡した。それを受け取ってベンチに腰をかけ、亜子は「うーん」と考えた。幸吉の言葉に、地鎮祭をしない人に対して咎める響きがあったのが気になったのだ。

「でも、そういえば私、今の家に引っ越したとき、挨拶回りしませんでした。その……女性のひとり暮らしであることを明かすことになってよくないって人に言われて……

もしかしたら、そういう理由があるのかも？」

亜子がめずらしく難しい顔をしていたのは、そういった後ろ暗いことがあったからだ。いちいち気にするその生真面目さに、幸吉は微笑んだ。

「近所への挨拶は、ものの例えだよ。まあ、安全面を考えてのことなら仕方ないね。僕も亜子ちゃんを危険な目に遭わせたいわけじゃないし。そうじゃなくて、できないのとしないのじゃ、全然意味が違うってことだよ。最近じゃ、家を建ててもご近所迷惑を考えて上棟式《じょうとうしき》をやらないなんて人たちもいるし」

家を建てる職人さんたちをねぎらいもてなすお祝いだよと、上棟式がわからない様子の亜子に幸吉は説明した。

上棟式とは職人たちをねぎらうという意味もあるし、竣工後も建物が無事であるようにと願って行われる祭祀《さいし》でもある。ただ、地鎮祭とは異なり、神主《かんぬし》を呼ばず工事関係者に宴席を設け、ご祝儀を渡すだけという場合もあるようだ。昔ながらのやり方だと、ご近所の方を呼んで餅まきを行うこともあるけれど、最近ではにぎやかに上棟式を行うこと自体がご近所迷惑になってしまうという問題もあり、簡易なものにしたりやらなかったりする人も増えているのだという。

地鎮祭に上棟式、難しい言葉を続けて聞いたぞと思いながら、亜子はちびちびとラムネを飲んだ。

「よお、幸吉くん。彼女とデートか」

「わあっ！」

ふいに背後からそう声をかけられ、亜子はベンチから飛び上がるほど驚いた。振り返ると、そこには背中の曲がった小さなおじいさんの姿があった。

「おじじ、こんにちは。違うよ。この子は僕の会社の子。まだ彼女じゃないんだ」

「なっ……！」

どうやら幸吉とそのおじいさんは顔馴染みらしく、そんな軽口を叩く。〝まだ〟というのが気になって亜子が訂正しようとするも、会話はポンポンと飛び交い、入るタイミングが摑めない。

「まだか。それにしても、可愛い嬢ちゃんだな。めっけもんだ」

「でしょ。いいご縁があってね」

「べっぴんすぎないところがいいな」

「そうなんだ。愛想がよくて親切で働き者なんだよ」

「なんだ、のろけか。もう結婚しちまえよ」

「うん、そうするよ。あ、これラムネ二本のお代ね」

「おう。そうだ、待ってろ」

幸吉からラムネ代を受け取ると、おじじと呼ばれたおじいさんは店の奥に戻っていった。その隙に、亜子は幸吉に耳打ちする。

「社長、まだ彼女じゃないとか結婚するとか、勝手なこと言わないでくださいよ」

「んー？」

「そのすっとぼけた顔、何だかムカつきます。ていうか、あのおじいさんもやっぱり妖怪ですか？」

あの気配のなさといい、井成不動産の幸吉と顔見知りなのといい、怪しいと亜子は思ったのだ。

「カカカ。嬢ちゃん、人間なんて歳を取ればどんどん妖怪に近づいていくようなもんさ。幸吉くんには、この店を始めるときに世話になったんだ」

「そ、そうなんですね。……すみません」

またも気配なく背後に立たれたけれど、今度は飛び上がる余裕もなく、亜子はとりあえず謝った。

「ほれ、お食べ。サービスだ」

おじいさんはそう言うと、大きなエビせんを亜子と幸吉に差し出した。

「ありがとうございます！」

ちょうどお腹が空いていた亜子は、喜んでそれを受け取った。大きな口でかじりつく亜子を、幸吉はニッコリと見つめる。

「おじじは、僕がこうして遊びに来るといつも何かしらおまけしてくれるんだよ。これもさ、言ってみれば地鎮祭みたいなものって言ったらわかる？」

むしゃむしゃとエビせんを咀嚼しながら、亜子はしばらく考えた。

「人間関係をうまくいかせるための潤滑剤ってことですか？」

「そういうこと。理解してくれてよかった。亜子ちゃんには、ちゃんとこういうことがわかる人になってもらいたい。不動産会社って、人の暮らしを支えるお仕事だって忘れてほしくないんだ。そして、人とのつながりの中で生きてるっていつも意識しててくれたらなって思ってるよ」

「人とのつながり、ですか」

「そう。人との縁の中で生きてるってことをさ。たとえば、おじじは僕が来るたびに何かサービスしてくれるんだけど、そうやって気にかけてもらえると僕もおじじが困ってることがないかなって気にするでしょ？　高村さんもそうだよ。亜子ちゃんがよくしてくれたからって理由で、亜子ちゃんのことを気にかけてた。それでつながったのが井成不動産と亜子ちゃんの縁だよね。そして、高村さんは折に触れてご挨拶に来てくれるから、亜子ちゃんも高村さんのことを気にかけてる。そういうことだよ」

誰も見返りを求めて行動しているわけではないけれど、と幸吉は付け足した。

そう言われて、亜子はひょんなことからつながった自分と幸吉の縁について考えていた。あの縁がなければ、今頃亜子は不動産業界に身を置いていたかどうかわからない。駅チカ不動産を辞めてまったく別の職についていたら、幸吉と知り合うことも、犬飼さんや景山さんや咲子さんたちと知り合うこともなかっただろう。

そう思うと、本当に高村さんにつないでもらったご縁だ。

このご縁の中で、亜子は今、自分がやりたいと思っていた仕事が少しずつできている。そのことに気づいて、何だか感慨深いものがあった。

「私、これからも頑張ります」

「うん。僕は働き者が好きだよ」

決意のにじむ亜子の言葉に、幸吉も力強くうなずいた。

憑いてる？　ツイてない？

まだ日中は暑さが残るものの、すこし朝夕は過ごしやすくなった九月のはじめ。

咲子さんたちのリノベーションが、ようやく完了した。

その日、出来上がった家のお披露目に亜子たちは招かれていた。

「わあ。外観もきれいになってる」

古くからある日本家屋といった趣《おもむき》はそのままに、外壁や瓦が整えられた姿を見て、亜子は感嘆の声をあげた。

「せっかく素敵な家だから、外観は修繕するだけに留めたの。それに、内装とのギャップにも味があるかなって」

感激している亜子に、咲子さんがそう言って得意げに胸を張った。彼女自身も、この家の仕上がりに満足しているのだろう。

「さあ、あがってください。高村さんも、千歳《ちとせ》くんも。犬飼さんも」

「どこでも、好きに見ていいですからね」

家の前で立ち尽くす亜子たちに、家の中からクロエさんと小雪さんが手招きした。

亜子の隣に立っていた高村さんと、高村さんに千歳くんと名づけられたあの座敷わらしは、ニコニコと微笑み合って家の中へと入っていった。その姿は、本当の祖母と孫のようで、亜子は自然と口元が緩む。

「わしはお先にお邪魔するな」

同行してくれていた犬飼さんが、用意されていたマットで足を拭いてから家の中へ入っていった。人の家などなかなか見る機会がないと言って楽しみにしていたし、犬飼さんには害虫・害獣を追い払うという重大な任務があるのだ。

「じゃあ、僕たちも行こうか」

「はい」

ひとしきり家の外観を眺めて満足したらしい幸吉に促され、亜子もようやく玄関の三《た》和土《たき》に上がり込んだ。

「お邪魔します」

ふたりしてそう言って、部屋をひとつずつ見せてもらうことにする。

亜子はまず、板張りの廊下を奥まで進み、一番端にある部屋に入った。そこは西日の当たる、家主の高村さんが気にしていた部屋だ。

「可愛い！　ハワイアンリゾート風ですね」

クリーム色と白で統一されたその部屋は、南国の雰囲気を感じさせる内装になっていた。置かれている家具は籐製で、天井には木製のサーキュレーターがゆったりと回っている。床に敷かれたラグと壁にかけられたタペストリーがカラフルなハワイアンキルトで、淡い色調の中、アクセントになっていて可愛らしい。

「せめて、室内の雰囲気だけでも南国を味わってみたいなと思って、こんな感じにしてみたんです」

「素敵です！　こんなに生まれ変わるなんて、びっくりしました」

亜子が手放しでほめるのを、小雪さんが嬉しそうに聞いている。雪女である小雪さんがいるところはどこでも冷気が漂ってしまうため、常夏はきっと憧れなのだろう。

「隣がクロエの部屋なんですよ」

「こっちも可愛い！」

小雪さんが襖を開けると、その向こうには北欧風の部屋が広がっていた。

壁や天井はマカロンのような淡い水色に塗られ、無垢材の家具の風合いを際立たせている。カーテンやクッションは手描き風の花柄や水玉柄の生地が使われており、落ち着きがありながらもポップな部屋に仕上がっている。

「どう？　可愛いでしょ」

どこかへ行っていたクロエさんが、亜子の気配を察知したのか走って戻ってくる。気持ちがはやるあまり首が少し伸びているけれど、亜子はそれを笑って受け止めた。井成不動産での仕事に慣れた亜子はもう、ろくろ首程度では驚かない。

「すっごく可愛いです！　これ、畳をはがしてフローリングに貼り替えたんですか？」

亜子は足元を指差し、尋ねる。小雪さんの部屋は畳がそのままだったけれど、クロエさんのこの部屋の床は白木のフローリングになっている。

「違う違う。これね、ウッドカーペットなの。貼り替えじゃなくて敷くだけの、簡単なものだよ。小雪はこだわって畳のままだけど、あたしは絶対にフローリングじゃなきゃ嫌だったから」

「そうなんですか。こんな色合いもあるんですね。すごく便利」

感心しながら、亜子は頭の中でメモを取る。こういったポイントを押さえておくと、今後、古民家の改装に興味を持ってくれたお客さんに話すことができるからだ。

今日は友人として招かれているけれど、亜子はしっかり仕事モードで家を見ている。

「そういえば、ベッドがすごく大きくないですか？」

八畳ほどの部屋の中でものすごい存在感を放っているベッドに、亜子は目を向けた。おそらくキングサイズだろう。

「あたし、ろくろ首でしょ？　起きてるときは気をつけて首を伸ばさないようにできるけど、寝てるとやっぱり伸ばしちゃうから、伸びた首が落っこちないように大きめベッドなんだよね」

「そんな理由で……」

こだわりというより健康面での理由だったのかと、亜子はつい笑ってしまった。でも、住む人によって違いが出るのが面白いなと思う。

「咲子の部屋はまだ見てない？」

「見てません。小雪さんの部屋を真っ先に見に来たので」

「じゃあ、行ってみて。きっとびっくりするから。千歳くんは気に入っちゃって、ずっと遊んでるんだよ」

「行きます行きます」

よほど凝った部屋なのか、クロエさんは早く見せようと亜子の背中を押す。そのまま亜子は廊下に出て、階段を上り、ひとつの部屋に押し込まれた。

「わっ！　和室だ！」

想像もしていなかった部屋の内部を目にして、亜子は驚いた。そのせいで、子供のように大きな声を出してしまう。

でも、それも無理もない。目の前の和室は普通の和室ではなく、趣味に走った和室だったのだ。

まず目に飛び込んでくるのは、部屋の隅、壁沿いに置かれた飴色の階段箪笥《たんす》だ。階段の一段一段に、盆栽の鉢や提灯《ちょうちん》、ダルマなど和を感じさせる小物が飾られている。

そして簞笥の斜め向かいに据えられているのは、年季の入った文机。この上に原稿用紙でも置かれていれば、文豪の部屋のようだ。照明も行灯《あんどん》を思わせる和紙を張った四角いランプで、ほかの調度品と雰囲気を揃えている。

「すごいでしょ？　ザ・和風な部屋に住みたかったから、簞笥とか机とか、骨董市とか質屋さんとか駆使して手に入れたの」

部屋の主である咲子さんは、亜子の驚きを前にしてご満悦だ。けれど、亜子は改めて部屋を見回して首をかしげる。

「すごいです。でも……」

「そんなに凝ってないって思ったんでしょ？」

亜子の表情から、考えていることがわかったらしい。言われて、亜子は遠慮しつつもうなずいた。

咲子さんの指摘の通り、亜子はこの部屋がほかのふたりの部屋に比べてそれほど凝っていないように感じていた。それが悪いというわけではなく、ホームセンターに行ったときに咲子さんが誰よりもこだわって材料を選んでいたことを覚えていたため、その材料たちがどこに発揮されたのか不思議に思ったのだ。

「甘いなあ。これを見て！」

咲子さんが指差しながら叫ぶと、その指の先にあった隣室に続いている板戸がくるりと回転した。そして、その板戸の裏に張りつくようにして千歳くんが現れる。

「すごい！　忍者屋敷ですね！」

「こういう戸、『どんでん返し』って言うんだよ」

現れた千歳くんはそう知識を披露すると、また戸を回転させる。その瞬間、隣室に高村さんがちらりと見えた。千歳くんがずっと遊んでいたというのは、この戸のことだったのだ。

「私、部屋の改装はここに命かけたって言っても過言じゃないからね。ほかのふたりには呆れられたけど、大満足よ」

「素敵だと思います！」

一番のしっかり者だと思っていた咲子さんの意外な一面に、亜子は心底嬉しくなってうなずく。

機能性や見た目のよさではなく、それぞれのこだわりやロマンを詰め込んだこのリノベーションは、亜子に大きな満足感を与えてくれたのだった。

「今日のお披露目会、よかったですね」

その日の、井成不動産への帰り道、亜子はホクホクしながら歩いていた。

咲子さんたちがそれぞれ改装を楽しみ、満足し、新しい生活を始める様子を見られたのは、亜子にとっても嬉しいことだった。でも、それ以上に高村さんと千歳くんの仲のいい姿が亜子の心を和ませた。

「『家が生き返ったみたいだわ』って、高村さん、喜んでたね」

「はい。それに、千歳くんと暮らすのがよかったのか、元気になりましたもんね」

幸吉の言葉に、亜子はしみじみと言う。

自分もひとり暮らしであることを考えると、千歳くんの存在はやはり惜しかったかなと考えることもあった。けれど、明るく笑う高村さんと千歳くんの姿を思うと、収まるべきところに収まったのだということはわかる。

「座敷わらしはさ、古いお家に住んでいて、こうして古民家の大家を務めている高村さんが合ってたんだと思うよ」

「そうですね」

少し寂しそうな亜子を気遣ってか、幸吉はわかりやすく亜子をなぐさめた。

「それにさ、高村さんに座敷わらしが憑いてるってことは、これから古民家にたくさんお客さんが来るってことじゃないかな？　そしたら亜子ちゃん、仕事いっぱいだね」

「そうですね！」

仕事の話を振られると、亜子は目に見えて元気になった。やはり、亜子はこの仕事が好きなのだ。

「これから秋商戦ですね！　ファミリーのお引っ越しも増えるはずなので、もしかしたら戸建ての古民家に問い合わせが来るかもー」

俄然やる気になった亜子は、そう言って頭の中でいろいろ考え始めた。

不動産業界にとっては、就職や卒業、入学といった行事がある年明けから春先が一番忙しい。でも、その次に忙しいのは、実は九月から十月なのだ。会社の人事異動に伴う転勤などがある時期のため、単身者からファミリーまで急激に物件探しを必要とする人が増える。

とはいっても、それは一般的な不動産会社の話だ。

「秋商戦……？　うちは、どうかなぁ……って、聞いてないよね」

幸吉は自信なさそうに首をかしげたけれど、その声は張り切って事務所に帰る亜子の耳には届いていなかった。

＊＊＊

「カァ」

事務スペースの机に向かっている亜子が、そんな間抜けな声で鳴いた。

「どうしたの？　亜子ちゃん」

向かいの机から、幸吉が問う。従業員が不審な声をあげても、この社長は端正な顔に品のよい笑みを浮かべるだけだ。

「閑古鳥の鳴き真似です。あまりにも暇なので」

「亜子ちゃん、閑古鳥の真似なら『カッコー』って鳴かなきゃ。閑古鳥って、カッコウのことだからさ」

「そうなんですか？　……ハァ」

閑古鳥とはカッコウのことなのか。亜子はひとつ賢くなった。でも、そんなことはどうでもいいのだ。

「暇ですねえ。世間的には、繁忙期のはずなんですけど」

溜息混じりに言って、卓上カレンダーを確認する。

九月の中旬を過ぎ、不動産業界では秋商戦と呼ばれる時期に突入している。

転勤族の来店に備え、亜子は張り切って単身者向けの手ごろな家賃の物件からファミリー向けの広めの物件まで幅広くチェックしていたのに、今のところ来店者はゼロだ。かろうじて、他社からの問い合わせが数件あっただけだ。

「たしかに業界的には忙しいときだけど、うちはそういうのとは無縁だからなあ。だって、自分が転勤とかで急いでお引っ越しをすることになったら、メジャーな会社に頼るでしょ?」

通帳と家賃を管理している帳簿とを交互ににらめっこしながら、幸吉はそんな商売っ気のないことを言う。亜子は一瞬すねたように唇を尖らせたけれど、すぐに仕方がないと、また溜息をついた。

井成不動産は、家主や駐車場オーナーから物件や駐車場を預かり、その家賃を代わりに管理してそれなりの収入を得ている。そのため、賃貸借契約によって得られる報酬のことでそこまで躍起にならなくてもいいのだ。

そうはいっても亜子は、以前勤めていた駅チカ不動産が売り上げノルマのある会社だったため、バンバン接客してバンバン契約しなければという考えからまだ抜けきれていない部分がある。

だから、暇というのはなかなか辛い。繁忙期だと思っていたからなおさらだ。

「いつもいつも忙しくしている必要はないんだよ？　忙しいときは、嫌でも忙しくなるんだから」

「まあ、そうですけど……」

なだめるような幸吉の言葉に亜子がうなずいたそのとき。

カラランと、来客を告げるドアベルが鳴った。

「いらっしゃいませー！」

亜子は立ち上がり、パーティションから顔を覗かせ、接客カウンターを見た。そして、こっそりと落胆した。


「それで、具体的にはどういった物件をお探しなんでしょうか？」

苛立ちを抑えた声で、亜子は目の前のお客さんに尋ねた。

「だーかーらー、いわゆる〝隠し物件〟はないのかって聞いてんだよ。あるんだろ？　ネットにも広告にも出してない、とっておきの、飲食店で言うところの裏メニューみたいな物件が」

「表に出していない物件はたしかにありますが、それは別に、裏メニューというわけではないんですけど……」

目の前のお客さん――佐々木康雄《ささきやすお》さん……井成不動産にはめずらしい人間の客だ……に、亜子は早くも辟易していた。

以前勤めていた駅チカ不動産でも、ワガママなお客さんというのはたくさん相手にしてきた。というよりも、人は往々にしてお部屋探しにおいて夢見がちになり、そのせいで無自覚にワガママな要望を掲げて不動産会社にやってくるものなのである。

だから、その無謀な要望をまずは聞き出し、どうしても譲れない条件だけに絞り、ときには現実を突きつけて満足いくお部屋探しを実現させるのが亜子の仕事だ。

でも、佐々木さんはそういった、ワガママなお客さんですらない。

内心ではうんざりしながらも、亜子は丁寧に説明し直した。本当なら、あきらかに冷やかしの客の相手はしたくない。いくら閑古鳥が鳴いているといっても、こういった客を相手にするのは有意義ではないと思うのだ。

それでも、客として来ている以上、無碍にはできない。

「あ、そうなの。じゃあさ、事故物件とかは？」

亜子に冷ややかに返されたことにめげる様子もなく、佐々木さんはさらに失礼な質問を重ねた。信楽焼《しがらきやき》のタヌキのような姿をしているのに、その顔に浮かんでいるのは嫌な感じのする笑みだ。

「人が亡くなられた部屋ということですか？」

さすがに亜子も、嫌悪感が顔に出るのを我慢することができなかった。それを見て、佐々木さんは満足そうに微笑む。

「そんな嫌そうな顔しなくていいだろ？　俺、そういう部屋に興味あるんだよなあ。実際、事故物件ってどんな感じか見てみたいんだよ。不気味なのかなとか、逆に案外何にもなくて普通なのかなとか気になるだろ」

「……申し訳ありませんが、弊社ではそういった物件は扱っておりません」

「姉ちゃんがまだペーペーで知らないってことは？　てか、知ってるか？　入居希望者が知りたがれば、不動産会社はその部屋の自殺や孤独死なんかの事実の有無を調べなきゃならないらしいぞ」

丁寧な口調を崩さずあしらおうとするも、佐々木さんはニヤニヤするだけだ。亜子の反応を見て楽しんでいるのだろう。

遊ばれてなるものかと、亜子は表情を引き締め、湧き出る苛立ちをグッと押し込めた。

「そうおっしゃるのでしたら、お調べいたしますが、まずはどういった物件をお探しか教えていただけますか？」

亜子は精一杯ニッコリして、名前以外記入していないアンケート用紙を再度佐々木さんに突き出した。

「お部屋の広さですとか、バス・トイレ別などの外せない条件ですとか、そういったことを教えていただけましたらお探ししますので」

営業用の顔、営業用の声で、亜子は佐々木さんに促す。内心では、「私は女優！　負けてたまるか」などと叫んで自分を鼓舞しているのだけれど。

それがわかったのか、反応しなくなったのがつまらなくなったのか、佐々木さんは鼻で笑って、アンケート用紙を埋めていった。

真面目に書いているのかと思いきや、手元を見ると「駅近、築浅、眺望良好、家具家電つき」などなど、夢あふれる要望を次々と書き込んでいる。

「じゃあ、探しといてくれよ。また来るからさ」

「えっ……ありがとうございました……」

アンケート用紙にびっしりと記入した佐々木さんは、そう言うとさっさと事務所を出ていってしまった。

これからが戦いだ、と構えていた亜子は拍子抜けした。

「結局冷やかしか……最初からわかってたけど」

「亜子ちゃん」

アンケート用紙を手に机に戻った亜子は、幸吉に呼ばれ顔をあげた。てっきり失礼な客を相手にしたことに対するねぎらいでも口にするのかと思ったのに、亜子を見ている幸吉はやや厳しい表情をしている。

「亜子ちゃん、さっきの接客態度、あまりよくなかったね」

「え……すみません」

「どこが悪かったか、わかる？」

「挑発に乗って、苛立ってしまったことですか？」

ほとんどの場合、笑みを浮かべている幸吉が、そのときは笑わずに亜子のことを見ていた。それを見れば、質問の答えが不正解であることはすぐわかる。

美形の不機嫌な顔は迫力があるなと妙なところで感心しながら、亜子は困ってしまって首をかしげた。

「来店したときからいい態度とは言えなかったけど、どうして？」

まるで子供の悪事を正すかのような口調で、幸吉は亜子に問う。

叱られているのだという自覚が湧いてきた亜子は、いたたまれなくてもじもじした。

「入ってきたときから『この人、たぶん冷やかしだな』って思って……事実、そうでしたし。それに、暇なときほどそういったお客さんが来てしまうっていうジンクスもありますので……」

「果たして、本当に冷やかしだったのかな？　亜子ちゃんの態度が悪かったから、それであんなこと言って帰ったのかもよ？」

「……すみませんでした」

佐々木さんに対しての苛立ちや嫌悪感はなくならなかったけれど、幸吉に言われて亜子は自分の接客態度を恥じた。いくら失礼な客だったとしても、亜子の接客もほめられたものではない。それに幸吉の言う通り、さっきの客が来店してすぐの亜子の態度から、がっかりした気持ちがもれていた可能性は否定できない。

「まあ、たしかに紳士的なお客さんではなかったよね。でも、こういうことって気の持ちようも大切だから」

亜子があまりにもしゅんとしたのを気にしてか、ようやく幸吉の顔にいつもの笑みが戻った。

「嫌なお客さんだなと思えば嫌な態度になるし、いいお客さんとして接すればそうなるかもしれない。気の持ちようって、自分のためでもあるからね？　よくない接客をして、亜子ちゃんが苦しくなるのは嫌だな」

「そうですね……私、いつでもちゃんといい接客ができるよう努力します」

まだくすぶっている感情はあったけれど、亜子は努めて気持ちを切り替えた。

これまで幸吉に、こんなふうにはっきりとした言葉で諭されることはなかった。これはたぶん、かなりめずらしいことなのだ。それがわかったから、亜子は佐々木さんのアンケートに真摯な気持ちで向き合うことにした。


その日は結局、佐々木さん以外の来店はなかったが、数日間更新し続けた来店者ゼロの記録だけは、何とかストップした。

亜子は佐々木さんのアンケートを見つめ、条件に合う物件を探し、資料を揃えるといった作業を黙々とこなした。

その姿を眺めて、幸吉は亜子が落ち込んでいるのだろうと思った。少しきついことを言ってしまったかもしれないとも。だから、仕事終わりに食事にでも誘おうと考えていたのだけれど、就業時刻が近づくにつれて亜子は元気を取り戻していき、いつも以上にルンルンとした様子になっていた。

「ねえ、亜子ちゃん。何だかすごく浮かれてない？」

様子のおかしい亜子を、幸吉は怪訝そうに見つめる。

「え？　別にそんなことありませんよ？」

ふふふ、と幸せそうな笑みを浮かべて答える亜子に、幸吉は目を見開く。

「嘘だ！　じゃあ、今から僕とご飯行こうよ。ほら、前に行きたがってた創作和食のレストランとかさ」

幸吉は、亜子の放つ幸せオーラに不安になりながら、必殺技を発動する。食いしん坊の亜子を釣るには、食べ物をちらつかせるか食事に誘うのが一番だ。これでほとんどの場合、幸吉は亜子との時間をゲットできる。

けれど、その日の亜子は微笑んだまま、ふるふると首を横に振った。

「すみません。今日はこれから約束があるので」

「え……」

亜子の返事を聞いた幸吉の顔には、わかりやすくショックを受けた表情が浮かぶ。これが漫画だったら、背景に大きく「ガーンッ!!」と描かれることだろう。

「ちょっと待って……亜子ちゃん、怪しくない？」

ショックのあまり、幸吉は子ウサギのように震えている。亜子の返答次第では、幸吉は卒倒しかねない。

亜子が食事に釣られないほど優先する用事なんて、考えたくはないけれどデートくらいしか思いつかない。

「別に怪しくないですよ。友人と久々に会うんです。前の会社にいたときに知り合った子なんですよ」

「ねえ、その相手は女の子？　女の子なの？」

「あ、待ち合わせの時間があるんで、帰ります。お疲れさまです。お先に失礼しまーす」

「あっ」

まだ何か言いたそうな幸吉を置いて、亜子は軽やかに事務所を出ていった。スカートがひらりとひるがえったときに、何だかいいにおいがした。それで、幸吉はハッとした。

「そういえば、今日の亜子ちゃんはいつもより可愛かった！　髪の毛ははねてなかったし、リップの色は違ったし、着てるコートはいつものじゃなくて何だかおしゃれだったし……嫌だー！」

その日一日の亜子の様子を思い出していろいろ気がついた幸吉の絶叫が、日の落ちた住宅街に響き渡った。

けれど、その声が亜子に届くことはない。亜子はすでに予約してあるダイニングレストランに向かって、車を発進させていたのだ。

「お待たせ、亜子ー！」

「ううん。私もさっき着いたところだよ。久しぶりー」

先に席に着いていた亜子は、少し遅れてやってきた待ち人に笑顔で手を振った。

亜子の約束の相手は、大人びた女性だった。幸吉に相手の性別を聞かれたのに答えずに会社を出たことを思い出し、亜子は心の中で舌を出す。わざわざ教えてやることもあるまいという思いが八割、あとの二割は面倒くさかったからだ。

「美奈《みな》、ほぼ定時に上がれたんだね」

「だって、せっかく亜子が予約してくれたんだもん。それにここ、来てみたかったんだよね。美味しいって評判だから、すごく楽しみだったの」

「私も。値段は手ごろなのに量が多いんだって」

亜子は食べる前から幸せそうに顔を緩ませる。幸吉が感じていた亜子の幸せオーラとは、美味しいレストランでのディナーを想像してのものだったのだ。

「亜子、食べるの好きだよね」

「美奈はお酒が好きだよねー。安心してよ。ここ、お酒のメニューも豊富だから」

ふたりはひとまず、運ばれてきたメニューに目を通す。美奈はじっくりと食前酒の項目を、亜子は食前酒の項目をすっ飛ばし、コース料理の項目を眺める。

「亜子、転職おめでとー」

「美奈は退職決定、おめでとー」

亜子と美奈は、それぞれペリエとキールロワイヤルで乾杯する。亜子はお酒に強くないし、車で帰るためにこういった食事の席では決して飲まない。その代わりといってはなんだけれど、亜子はよく食べる。

「久しぶりだねえ」

前に食事をしたのは、亜子がまだ駅チカ不動産にいた頃で、半年以上前のことだ。主に美奈が多忙だったため、今日まで時間が合わなかったのだ。でも、その美奈の多忙の理由だった転職活動も、最近ようやく落ち着いた。

「まさか亜子が転職しても不動産業界に居続けるとは思わなかったよ」

運ばれてきた前菜を前に、美奈はグイグイお酒を飲む。亜子のほうは、もうすでに平らげてしまうところだ。

「いや、たまたまだよ。渡りに船っていうか、いいご縁があってさ。それにね、不動産の仕事自体は嫌いじゃないの。家を見るのは楽しいし。前の会社の体質がめちゃくちゃ合わなかっただけで」

駅チカ不動産時代にあったいろいろな嫌なこと思い出し、亜子の胃はキュッとなった。

そういえば、井成不動産に転職してからご飯が美味しくなったことを思い出して、亜子はありがたさを改めて思い知った。前の職場にいた頃はそもそもまともに食事を取れないことも多かったのだ。

「美奈の新しい会社ってどういう感じなの？」

面白くないことを思い出して食事の味をまずくするのは嫌だと、亜子はさらりと話題を変えた。

「デザイン事務所だよ。まあ、小さいところだから、ここも激務は激務だろうけど。でも、今度は本当にやりたいことだから、いろいろ身につけてフリーになれるくらい鍛えられるまで勤めてみるつもり」

「そっか。やりたいことやれるのが一番だよ。頑張って」

美奈はもともと広告系の仕事につきたかったらしい。けれど亜子と同様に、就職難の中でとりあえず職につくためにと不動産会社に入った部類の人間だ。

「同業者でこうして食事できる人数も、ずいぶん減っちゃったよ。まあ、私もそのうち亜子の同業者じゃなくなるけど」

「辞めていく人、多いもんね。私も前の会社を辞めるときには、同期はすでに全員辞めちゃってたし」

戦友のような気分で、亜子と美奈はしみじみとうなずき合った。

亜子が美奈と知り合ったのは、彼女の会社が元付《もとづ》けとなっていた物件に、亜子が客付《きゃくづ》けしたことがきっかけだった。

不動産会社の仕事には、元付け業と客付け業というものがある。元付けとは、家主から預かった物件にお客さんを紹介する業務のことを指す。そして客付けとは、物件を探しにやってきたお客さんに物件を紹介する業務だ。

簡単に言えば物件の鍵を家主から預かっているのが元付け、その鍵を借りてお客さんを物件に案内するのが客付けという仕事で、亜子は美奈の会社にたびたび鍵を借りに行く機会があったのだ。

そんなことを繰り返すうちに、こうして食事をするまでの仲になった。

「そういえば、美奈のおかげでうちの会社のブログもなかなかな見栄えになったよ。アクセス数も、少しずつ伸びてるの。ありがとう」

「そんな、お礼言われるほどのことじゃないよ。私も専門じゃないし。でも、すごくきれいになったよね」

亜子は古民家のリノベーションをメインコンテンツに、井成不動産のブログを始めていた。そういったブログの見栄えをよくするためのスタイルシートの使い方は、美奈がアドバイスをくれたのだった。

「亜子も新しいところでやりたいこと見つかった感じだね」

「古民家改装のこと？　そうだね。小さな会社だから社長が自由にやらせてくれて、それで自分はこういうこと好きなのかもって気づけたの」

「いいね。何か亜子っぽいよ」

「そうかなあ」

何となく面映くなって、亜子は運ばれてきたばかりのふたつ目の前菜もペロリと平らげた。デキャンタで頼んでいたワインを飲みながら、美奈はそれを見て微笑む。亜子の食べる姿は一緒にいる人を笑顔にさせるような、実にいい食べっぷりなのだ。

「そういえば、亜子が今働いてる会社って、その……心霊とかに強いって本当？　何か、幽霊とか出そうなボロボロの物件もたくさん取り扱ってるから、そんな噂を聞いたんだけど」

しばらく互いの近況報告などの何気ない会話を楽しんでいたふたりだったけれど、ひとつ目のメインが運ばれてきた頃、ふいに美奈がそんなふうに切り出した。

「えっ……」

鯛の香草パン粉焼きを思いきり頬張ろうとしていた亜子は、とっさに何と答えていいかわからず、間抜けに口を開けたままになった。

「ど、どうかな。ちょっと変わったお客さんとか多いし、預かってる物件も古いのが多いけど、心霊に強いのかは……え？　どうしたの？」

さて、どうごまかしたものかと亜子は悩んだ。妖怪に物件を紹介しているとはとてもではないけれど言えないし、管理物件のひとつには幽霊と同居している人もいるよなんてことも言えない。でも、何やら深刻そうな美奈の様子を見ていると茶化すこともできず、結局亜子は続きを話すよう水を向けてしまった。

「それがね、ちょっと相談したいことがあるんだけど……いわゆる〝出る〟物件に関わっちゃったみたいで」

「え？　もう引き継ぎだけで、お客さんの案内とかはしてないんでしょ？」

「ううん、忙しいときはそうも言ってられなくて。いざ契約ってなったら、ほかの人に任せることになるけど。でね、問題は案内のときに起きたんじゃなくて、内観写真を撮りに行ったときなんだよね……」

亜子が聞く姿勢を見せたことでホッとしたのか、美奈の表情は少しだけ和らぐ。けれど、まだ陰があるままだ。フォークを置くと、美奈はカバンから何かを取り出した。

「これ、見てほしいんだけど」

そう言って美奈がテーブルの上に出したのは、数枚の写真だった。一見するとマンションの室内を写した、白く靄がかかったようなピンボケ写真に見えたけれど、よく見るとそこにはとんでもないものが写りこんでいた。

「これは……すごいね」

「でしょ。気味が悪くって。写ってるのに気がついたのが会社に帰ってからでよかった」

怖がりの亜子は、悲鳴をあげたいのをこらえて控えめにコメントした。

数枚の写真すべてに写っていたのは、白い服を着た女の霊だった。しかも、よくよく見ればそれはただの白い服ではなく、ウェディングドレスだった。

「これ、怖すぎ。ウェディングドレスっていうのがさ、尋常じゃないよね。どんだけの執念だよっていう」

「そうなの！　こんな写真使えないし、上司にも相談できないしで、誰かに話したくても同じ会社の人には、はばかられて……」

写真に何かが写りこむという現象は、実は多くの不動産屋が体験していることだ。でも、大抵の場合は、黙って撮り直しに行くだけで騒ぐことはない。駅チカ不動産のような体質のところであれば、上司に相談したところで「オバケが怖くて不動産屋が務まるか」と一蹴されて終わりだろう。きっと、美奈のいる会社もだ。おそらく、そういう話がつきものの業界だからこそ、いちいち取り合ってはもらえないのだ。

「それはまあ、話せないよね」

　相槌を打ちながら、亜子は内心困っていた。美奈は必死に亜子に助けを求めるような視線を向けるけれど、亜子だってこんなことはどうしたらいいかわからない。ワケありの妖怪が物件を探しているというのなら、いくらでも力になってあげられるのだけれど。

　とはいっても、親切なのが亜子の性分だ。頼ってくれた友人を無碍にすることもできず、気がつけば弱々しくも安心させるように笑みを浮かべていた。

「どうこうできるって約束はできないけど、とりあえずこの写真、借りていい？　明日、上司に見せてみるよ」

　今はそう言ってあげることしかできず、亜子はテーブルの上の写真に手を伸ばした。それを見て、美奈は心底安堵した顔をした。

「ありがとう！」

「力になれるといいんだけど、あまり期待しないでね。さあ、気を取り直して食べようか！　ふたつ目のメインはお待ちかねの肉料理だからね」

　空気を変えようと亜子は明るくそう言った。でも、内心では心霊写真を自分のカバンに入れたことでものすごくビクビクとしていたのだった。

＊＊＊

「社長、おはようございます」

次の日の朝、出社してすぐにでも写真の件を相談しようと、亜子は幸吉に声をかけた。けれど、幸吉は何だか元気がない。

「おはよう……昨夜は楽しかった？」

そう尋ねる声にも覇気はない。

亜子はそれに首をかしげつつも、問題の写真を取り出した。

「はい。楽しかったんですけど、ちょっと見てもらいたい写真があるんです」

「何？　彼氏の写真？　嫌だね！　僕は見ないよ！」

「違います。写真は写真でも、そういうのではなく、ウェディングドレスの」

「うぇでぃんぐどれすぅ？」

「落ち着いて、見てください！」

勝手に妄想を暴走させようとしていた幸吉の目の前に、亜子は写真を突きつけた。とっさに手で顔を覆ったけれど、そのうちに指の隙間から覗き見て、幸吉はようやく落ち着きを取り戻した。

「何だ。ただの心霊写真じゃないか」

露骨に安心した顔で、幸吉は写真を凝視した。そして、途端に興味をなくす。

「ただの心霊写真じゃないですよ！　ウェディングドレスですよ！　よりによってウェディングドレスって怖くないですか？」

「んー、幽霊だってドレス着たいときくらいあるだろうよ」

「何でそんな適当なこと言うんですか！　まず『その写真、どうしたの？』とか聞いてくださいよ！」

まったく関心を示さない幸吉に、亜子は憤慨する。

頬をふくらませる亜子を見て、ようやく幸吉はいつもの機嫌のいいキツネ顔に戻る。どうやら幸吉は、亜子のすねた顔が好きらしい。

「はいはい。それで、どうしたの？」

仕方なくといった口調で、幸吉は亜子に尋ねる。

「これ、友人が撮ったものなんです。あるマンションの一室の内観写真なんですけど」

つい最近、それまで住んでいた人間が退去して空室になったため、入居者を募集するための広告用の写真を撮りに行ったということ。過去に人が亡くなったというような、いわゆる事故物件ではなく。退去した人からも心霊に関する苦情は入っていないということ、など。亜子は美奈に聞かされた話の内容を簡潔に伝えた。

「この写真じゃ、とてもじゃないですけどネットとかに上げられませんから、また撮りに行かなきゃいけないみたいなんですけど、そんな幽霊が出る部屋に行って大丈夫なのかとか、そういうことが心配みたいで……」

亜子は、美奈のことが心配で顔を曇らせる。けれど、幸吉はどうでもよさそうに写真をペラペラしている。

「大丈夫なのかって、この部屋のこと？　それなら別に、心配いらないと思うよ」

「部屋の心配は入れらないって、悪い霊じゃないってことですか？」

「ううん。こんな気味の悪い姿で、害がないもののはずがないじゃないか。そうじゃなくて、この部屋に憑いてるわけじゃなさそうってことだよ」

「え……」

よく見てみてと、幸吉は写真を亜子に見えるようにした。改めて見てみると、ウェディングドレスの幽霊は、部屋の中にいるというよりも、意図を持って写真に写りこんでいるように感じられた。ぼんやりとしていてはっきりとは見えないけれど。もししっかりと透けることなく写っていたなら、バッチリ目が合いそうだ。

「たぶん、そのお友達は今は何の写真を撮っても、そのおっかないものを写しちゃうと思うよ。憑いてるのは部屋じゃなくて、そのお友達でしょ」

「ええ～!?」

そこまで聞いて、ようやく亜子は事態を理解した。理解すると、急に背筋が寒くなる。

「そのお友達、たぶん結婚を焦ってたとかじゃないの？　思いつめてたから、それに共鳴して同じような性質の霊に憑かれちゃったんじゃないかな」

「結婚を焦るって、私も美奈も今年で二十五歳なのに何で……」

「それもさ、昨日言った気の持ちようって話だよ。焦る必要はなくても、本人が思いつめれば焦っちゃうし」

「そんな……」

同い年でもまったくそんな焦りがない亜子は、信じられないと思った。でも、世間的には結婚適齢期などと言われているし、転職のことで悩んでいたことを思えば、人生の転機のひとつである結婚について思いつめても仕方がないのかもしれない。

「ほらほら、心配なら、早くお祓いに行くよう言ってあげなよ」

もう本当にどうでもよくなって、幸吉はあくびをしながら写真を突き返した。それを受け取って、亜子は慌てて美奈に電話をかけたのだった。

＊＊＊

心霊写真騒ぎがあって少し経ったある日のこと。

井成不動産の事務所では、マグカップを片手に机に向かう亜子の姿があった。でも、その顔は面白くなさそうで、すねているようにも見える。

「亜子ちゃん、それは今、何杯目？　飲みすぎたらお腹痛くなっちゃうよ？」

「これが飲まずにやってられるかって話ですよ」

「ああ……マグカップがなぜかカップ酒焼酎に見えるよ……。亜子ちゃん、いくら紅茶でも、飲みすぎはよくないって」

今日、亜子は朝からずっと紅茶を飲み続けている。その紅茶は、営業開始してすぐに、美奈がこの前のお礼にと持ってきたものだった。

「この前まで心霊写真が怖いとか言ってたのに、今じゃすっかり浮かれちゃってさー。ちぇっちぇ。まさか、こんなオチが待ってるなんてね……お祓いに付き添ってもらう流れでプロポーズとか、誰が予想できます？」

「まあ、予想はできないけど、現実に起こっちゃったんだから仕方ないじゃない」

「はあ……」

甘い花の香りがする紅茶をまたひと口飲んで、亜子は盛大に溜息をついた。

あれから美奈は亜子の助言通りにすぐにお祓いに行って、その流れで彼氏にプロポーズされたのだという。もともと、彼氏にも写真を見せて相談していたらしく、心霊写真という恐怖体験が庇護《ひご》欲をくすぐり、ウェディングドレス姿の幽霊がプロポーズを想起させたのだろう。

心配事のなくなった美奈は、プロポーズまでされて幸せいっぱいになったのだ。

「亜子ちゃん、お友達のおめでたいことなんだから、一緒に喜んであげなよ」

「いえ、嬉しいんですよ。おめでたいとは思ってます。でも……自分のことを考えちゃうと、何か切ないというか虚しくなっちゃって……」

亜子はどこか遠くを見て、魂が抜け出て行ってしまいそうなほど長い溜息をついた。

彼氏もいない、当然結婚の予定もない亜子にとっては、いくら仲のいい友達の幸せな報告であっても、キラキラと眩しすぎるように感じられ、目とか胸がつぶれてしまいそうになっていたのだった。

「亜子ちゃんも、結婚したいの？」

幸吉はそんな亜子を面白そうに見ていた。三十五歳くらいに見える幸吉だけれど、結婚に対しての焦りなんてものは微塵も感じられない。

「結婚……結婚かあ。そういえば、どうなんだろう？」

幸吉に尋ねられ、亜子ははたと気がついた。そういえば、別段結婚したかったわけではないということに。彼氏がいたときだって、特に意識したことはなかった。どうやら、身近な友人の結婚が決まったことでわけもなく焦ってしまったようだ。

「ああ、私、気がついちゃいました！　別に落ち込んだりすねたりする必要なんてなかったんですよ！」

「亜子ちゃん、ようやくわかってくれた？」

パッと表情が明るくなった亜子に対して、幸吉も目を輝かせて笑顔になる。でも、そのあとの亜子の言葉を聞いて、幸吉は落胆することになる。

「私、何よりも先に、結婚したいと思える相手に出会うことが大事でした！」

「え……出会うって？」

「結婚したいからするよりも、一生一緒にいたいと思える相手と結婚するほうが、何か素敵ですもんね！」

「えー……」

本当なら、幸吉は話の流れで、「亜子ちゃん、結婚したいのなら僕としようよー」などと言うつもりだったのだ。それなのに、思ったように話が進まず肩を落とす。

カラランとドアベルが鳴った。亜子はがっかりしている幸吉を残し、接客カウンターに向かった。

「いらっしゃいませ、佐々木さん。お待ちしてました」

「おう、そうか」

来客は、信楽焼のタヌキのような見た目の佐々木さんだった。「また来る」は冷やかしの常套句《じょうとうく》ではなく、どうやら事実だったらしい。

「家具家電つきなどの難しいご要望もありましたが、ひとつひとつのご要望に応じて近い条件の物件を見つくろっておきましたので。この中で、一番お求めのものに近い物件からご案内いたしますね」

佐々木さんの目の前に、亜子は物件資料を並べていく。

まずは駅近の部屋。しかし、佐々木さんが指定した駅周辺には築浅と呼べる物件がないため、どれも築十年以上経っている。

だからその隣に、築年数が浅い部屋の資料を並べる。こちらの物件はコンビニが近くにあるけれど、駅やスーパーまで少し歩かなければならないのが難点だ。

そのほかにも亜子は、眺めのいい部屋の資料や、家具家電がついていることが売りのマンションの資料などを並べていく。

すべての条件を満たす物件がないときは、それぞれの条件にあった物件をこうして比べてもらうのも手段のひとつなのだ。

「……しっかり調べてくれたんだな。どれもいい部屋だと思う」

佐々木さんは、そう言って満足そうにうなずいた。以前来店したときのような、嫌味な感じは一切しない。そのことを意外に思ったけれど、ひとまず気に入ってもらえたことに亜子はホッとした。

「ここ尾白地区も、駅周辺にはすでに古いマンションがあるので、どうしても駅近で築浅な物件が少ないんです。なので、駅近か築浅のどちらかをあきらめていただくことになるんですけど」

「まあ、俺にとっちゃ駅まで二十五分なんて、十分近いと思うがな。若い子は四捨五入して三十分かかるなら徒歩じゃなくて車で移動するんだと。で、車で移動する距離は近いとは言わんらしい」

困ったように笑いながら、佐々木さんは頭をかいた。その発言を聞いて、亜子は違和感を覚えた。

「……もしかして、佐々木さんご自身のお部屋探しじゃないんですか？」

「そうなんだよ。会社の若いやつがな、実家を出てひとりで暮らしたいって言うから、ちょっと面倒見てやろうかと思ってな。事故物件とかのことを聞いたのは、俺の個人的な興味だがな」

言いながら、佐々木さんは懐から名刺を取り出した。その名刺には、設備会社の名前が書いてあった。佐々木さんは、いわゆる設備屋さんだったらしい。

「佐々木さん、社長さんだったんですね。ということは、従業員の方のお部屋探しというわけですか」

「そういうことになるな。あ、でも俺がやってやるのは探してやるとこまで。家賃は自分で払わせるけどな。初めてのひとり暮らしは大変だろうから、おせっかいでも手伝ってやったほうがいいと思ったんだよ」

「そうなんですね。それなら、この物件は外しましょうか。築浅物件はどうしても家賃がほかより高くなりますから」

亜子は今聞いた情報を頭の中でまとめながら、築年数の浅い物件の資料を指差した。佐々木さんの住む部屋だと思っていたから予算より少し高めの物件も集めていたけれど、若い人が住むのなら話は別だ。

「一般的に、家賃は月給の三分の一に収まるようにするっていうのが基本なんです。若い方なら特に。それを超えると、どうしても暮らしていくのが苦しくなりますから」

その基本にのっとって、亜子も身の丈にあった部屋で暮らしている。

職場は実家から通えなくもなかったけれど、就職を機に今の部屋に引っ越した。この部屋はとにかく立地と賃料の安さだけで選んだ部屋だから、本当はもっといい部屋に住みたいと思うこともある。でも、家賃の高いところに住めばそのぶんほかのものを削らなくてはならなくなる。結局、贅沢をして苦しくなるのは自分だ。

「姉ちゃん、ちゃんと親身になって部屋探ししてくれるんだな。……この前は、嫌なこと言って悪かった。姉ちゃんのとこに来るまでに行った不動産屋がどこも外れでな。うちの若いやつの要望を伝えたら鼻で笑ったり、めちゃくちゃ高い物件見せて来たりで、ちょっと腹が立ってたんだよ」

「そうだったんですね……」

自分のあの日の態度の悪さを猛省しつつも、亜子はそういう〝外れ〟の態度を取れる人間というのが容易に想像できた。

秋商戦は、春ほどの忙しさはないもののファミリー向けの物件がたくさん動く。単身者よりもファミリーのほうが必然的に家賃が高いところで契約するため、秋には単身者を接客したがらないような不動産屋もいるのだ。

亜子の身近で言えば、戸塚がいい例だろう。

「私も、あの日は失礼しました。すみません」

佐々木さんの雰囲気から冷やかしだろうと勝手に判断した自分が、亜子はものすごく恥ずかしかった。危うく戸塚と同じ種類の人間になるところだったと思うと、激しく自己嫌悪に陥りそうになる。

「いや、まあこうして真剣に物件を探してくれたから、姉ちゃんはいい不動産屋だよ。じゃあ、若いのにこの資料を見せて決めさせるから。案内は、今度来るときに頼むな」

「はい。ご連絡お待ちしてます」

佐々木さんは笑って、事務所を出ていった。それを亜子も、自然な笑顔で見送った。最初に接客したあの日とは違い、亜子は真摯な姿勢で佐々木さんに向き合うことができた。そのことに安堵し、あの日の幸吉の言葉をありがたいと心底思った。

「今日の接客はちゃんとできてたよ。それでこそ亜子ちゃんだ」

いつの間にか、幸吉が亜子の隣に立っていた。目がなくなるような、ニッコリとした表情を浮かべている。何の含みもなく幸吉が褒めているのがわかって、亜子は嬉しくなる。

「あの日、社長に注意していただいて、本当によかったです。それに、気の持ちようだっていうのも、よくわかりました。ありがとうございました」

「それならよかった。月給の三分の一に収めたほうがいいっていうアドバイスも、すごくよかったと思うよ」

「あれは、部屋探しにおいて一番大切なことだと思ってるんです！　それを教えないで口車に乗せて家賃の高い部屋に契約させるようなことは、あってはならないと思うんです。予算オーバーめのきれいなお部屋をたくさん見せてからお客さんをその気にさせて、高い部屋で契約させようとする悪い不動産もありますからね」

渋面を作って、思い返すように亜子は言う。その顔を見れば今言ったことは一般論ではなくて、実体験なのだろうということがわかる。

事実、「家賃は月給の三分の一に収める」という大切なことを教えてくれたのは、今住んでいる部屋を契約したときの不動産屋さんだ。そこに行く前のところで、亜子は家賃の高い部屋ばかりを勧める悪い不動産屋に当たった苦い経験があった。学生時代にひとり暮らしの経験がなく、それが初めての部屋探しだった亜子は、危うくカモにされるところだったのだ。

だからこそ、自分が不動産会社の社員として働くようになってからは、必ずお客さんの身の丈に合う物件を勧めるようにしている。

「そういえば、今の給料なら亜子ちゃん、もう少しいいお部屋に住めるよね？　引っ越さないの？」

亜子が家賃四万円の古いワンルームに住んでいると言っていたことを思い出したのか、幸吉は首をかしげた。井成不動産で働き始めて早五ヶ月。引っ越そうと思えば、もう引っ越せているはずだ。

でも、その当然の質問をされて、亜子は何だかしどろもどろになる。

「たしかにそうなんですけど、でも、そんなに悪い部屋でもないですし。気の持ちようですよ。気の持ちようで、いい部屋だと思えば、いい部屋になりますって」

「ふーん」

「……増えたお給料で、私の食生活は豊かになりました……」

「そういうことか」

合点がいったというように笑って、幸吉はムニッと亜子の頬を突いた。その頬の感触から、給料が不十分ではないことはしっかりわかる。

「気の持ちようでいいものを食べた気になるわけではなく、本当にいいものを食べちゃうのが、亜子ちゃんらしいと言えばらしいよね」

「だって、きれいな部屋に住むよりも、私は美味しいものをたくさん食べたいですもん」

幸吉に頬をムニムニされながら、亜子は今日の夕食は何を食べようかと考えていた。

＊＊＊

幸吉が言ったように、気の持ちようというのは本当に大事だなと、亜子は目の前の友人を見て思った。

心霊写真に怯えていたあの日から一ヶ月ほど経ち、美奈は婚約者の近藤《こんどう》さんを連れて、井成不動産を訪れていた。

お祓いを済ませたとはいえ、ついこの前まで悪い霊（たぶん）に取り憑かれていたというのに、今の美奈は幸せオーラをまき散らしている。

「本当に、何がきっかけになるかわからないよね。キューピットって、どういう形で現れるかわからないっていうか」

「ああ、うん、そうかもね……」

ウェディングドレスを着た霊をキューピットと呼ぶあたり、浮かれすぎているなあと亜子は半目になって美奈を見つめた。

近藤さんと一緒に住む新居探しに来ているはずなのに、気がつけば美奈はのろけに変えてしまう。結婚前にお試し同棲してみようと思うんだ、と相談されたときから、少し嫌な予感はしていたのだけれど……まったく話が進まない。

「それで、具体的にはどういった部屋がご希望なんですか？」

相手が友人でも接客中ということで、亜子はきちんと丁寧に問いかける。というよりも、一線を引いて接しないといつまでものろけを聞かされそうだと身構えたのだ。

「そうだなあ。やっぱり、広めのマンションが手堅いかなあとも思うんだけど、メゾネットのお部屋にも憧れるな」

メゾネットとは、住居を一階と二階に分けた造りの建物のことを指す。ちなみに、メゾネットに対して一般的なマンションのような平面の間取りはフラットタイプと呼ばれる。メゾネットタイプは見た目が戸建てのようで、上下の部屋に対する騒音を気にしなくていいというメリットがある。

「たしかに、メゾネットはドールハウスっぽい見た目で可愛いし、新婚さんには人気ですね。ただ、意外に壁が薄くて隣室の音が気になるっていう話も聞きますし、駅近でこの手の物件を探すのは難しいですよ。それに、この手の物件は建つ前から入居予約を開始してすぐ埋まってしまいますし、なかなか空きも出ません」

「そっか。そうだったよね。えー、どうしよー」

「……広さは２ＬＤＫくらいでいいですかね？　とりあえず、よさそうな物件を見つくろいますね」

この前まで不動産会社で働いてたよね？という悪態を飲み込んで、亜子は自分のノートパソコンに向かった。

美奈の婚約者である近藤さんをちらっと見ると、穏やかな顔で美奈を見つめており、家探しを彼女に委ねているのだということがわかる。

同業者だった頃の美奈ならしっかりしていて、全部お任せできただろう。でも、今の美奈は浮かれきっていてだめだ。

美奈が役に立たないのなら自分が頑張るしかないと、亜子は検索画面に必要項目を入力していく。そうしてヒットした物件の資料をプリントアウトし、定期的に届けられる他社物件の紙資料を挟んだファイルから該当するものを取り出していく。

「この中で実際に見てみたい物件はありますか？」

「んー……」

資料は揃えた。あとは気になる物件の鍵を借りに行って案内すればいいのだけれど、美奈の反応はかんばしくない。

亜子が美奈たちに見せたのは、広めの1LDKや2LDKで、カップルや新婚さん向けを謳《うた》った物件ばかりだった。築年数も浅く、いまどきの内装で、どこも人気の物件だ。美奈も婚約者の近藤さんも共働きの二馬力ということで、価格帯もわりと高く設定できたため、いい物件を案内できると亜子は確信していた。

けれど、美奈の表情を見るかぎり、いまいちハマっていないなというのが亜子の印象だった。近藤さんのほうは、相変わらず美奈と住めるならどこでもいいというような幸せオーラが全開で、資料にはさらりと目を通しただけだったけれど。

「んー、どれもすごくいい物件だなっていうのはわかるんだけど。でもね、何か違うんだよね」

美奈は遠慮がちに言った。抽象的で困ったなと亜子は思ったけれど、こういったことは慣れている。むしろ、こんなふうにまだ言語化できていない要望を汲み取っていくのが自分の仕事なのだと、亜子は井成不動産に来てから感じていた。

「どういうところが引っかかってますか？　たとえば、和室があるのが嫌だとか、キッチンは対面がいいとか、そういうことがわかればまた条件変えて調べられますよ」

何かヒントになることを引き出そうと、亜子は美奈に尋ねた。一応近藤さんのほうにも視線を送ってみるけれど、彼は微笑み返してくるだけだ。

「何かね、もっと特別なところがいいんだよね。私たちふたりの部屋、みたいな」

しばらく悩んでから、美奈はそう言った。それを聞いて、思わず亜子は言葉に詰まる。

「なるほどぉ……」

意図を汲み取ってそれを叶えようと考えても、「それはのろけなんじゃ……」という思いがよぎってしまう。

「ははは。アツアツですね。でも、そういうのを叶えるには家を建てるのが一番ですよ」

机で聞いていたらしい幸吉が、いつの間にか亜子の背後に立っていた。亜子が困っているのを見かねて出てきたようだ。ちらっと亜子が幸吉を見ると、甘すぎるお菓子を口にしてしまったときのような顔をしている。どうやら、亜子を助けるためだけでなく、はたで聞いていても、のろけがきつかったようだ。

「マイホームですか。いつかの夢としてはありますけど、今はまだ気軽な賃貸がいいかなって考えてます」

幸吉の言葉に、そこでようやく近藤さんが口を開いた。こういうときは美奈に代わって受け答えをするのかと、亜子は妙なところで感心した。

幸吉と近藤さんのやりとりに引っかかったのか、美奈は何かを思いついたという顔をして口を開いた。

「ねえ、ここは自由に改装できる古民家を扱ってるんでしょ？　私たちの新居も、リノベーションしたお家にするのはどう？　それってすごく、ふたりの部屋って感じがする！」

これまでとは打って変わり、美奈の表情は輝いていた。その顔には、ようやくしっくり来るものを見つけたと書いてある。美奈がいいというのなら何でもいいのか、近藤さんもニコニコとうなずいている。

少し前まで不動産会社で働いていたとは思えないほどふわっとした美奈の発言に、亜子はこっそり溜息をついた。でも、古民家改装に興味を持ってもらえたのは嬉しい。

「じゃあ、改装例をお見せしますね。これが、近くの古民家カフェで、こっちがうちで契約して住み始めた人たちのお部屋で、こちらは……」

亜子が資料を広げていくと、美奈も近藤さんもワクワクした様子でそれを眺めた。ただの思いつきの気まぐれで、すぐにまた別のことを話し始めるのではないかとちょっと心配したけれど、予想に反して美奈は資料に興味津々で、マントルピースを置こうとかハンモックを吊るそうとか近藤さんと一緒に盛り上がっていった。

「結局、冷やかしみたいな感じだったね」

疲れた様子で戻ってきた亜子を見て、幸吉は同情するように言った。

「いえ、まるっきり冷やかしというわけでは……一応、かなり前向きに検討するみたいなことを言ってましたし」

高村さん所有の物件を中心に、美奈と近藤さんに尾白地区の古民家を見せて回った。でも、改装に二ヶ月ほどかかるのが一般的であることや費用もかかることを説明すると、しばらくは近藤さんの部屋で同棲するということで今回は話が片づいてしまったのだ。

でも、美奈も近藤さんも、古民家が建ち並ぶレトロな町並みや遠くに海の見える小高い立地などを気に入り、かなりその気になっている。だから、いずれまた結婚が本決まりになったときにでも来てくれるのではないかと、亜子はほんのり期待していた。

契約に至らずとも、種まきはできたはずだ。その場で成果は出なくても、どんな接客も無駄ではないと、最近亜子は思うようにしている。

「それにしても、結婚前にお試しで一緒に暮らしてみる、かあ。そういうのもいいね。もちろん、結婚するまで楽しみに取っておくっていうのもありだけど」

そんなことを言いながら幸吉は意味深な視線を送るけれど、亜子に気がついた様子はまったくない。

「女性は二十五歳前後で第一次ウェディングラッシュ、三十歳前後で第二次ウェディングラッシュを迎えるとは聞いてたけど、本当みたいだねえ。亜子ちゃん、今後しばらくはご祝儀貧乏になるから、覚悟しておいたほうがいいよ」

ちょっと意地の悪い顔をして幸吉が言ってみても、亜子にはこたえた様子はない。それどころか、ハッと何かひらめいた顔をした。

「それなら、結婚が決まった友達には『よかったら新居探しのお手伝いをさせてね』って営業メールしておきますよ。それでうちに来店してくれたら、私もハッピーになりますもん」

「おお……たくましくなったね」

すねるわけでも羨ましがるわけでもなく、その先の境地にたどり着いてしまった亜子を、幸吉はやや悲しげに見つめる。そんな視線に気がつかない亜子は、どうやら名案だと思ったらしく、やる気に満ちた顔をしている。

「いっぱい契約できたら、ボーナスくださいね」

「じゃあ、僕のハグとキスでどうかな？　それとも、一日デート権がいい？」

亜子の笑顔につられて、幸吉も調子に乗ってまたセクハラまがいのことを言うけれど、いつものような返しは来なかった。少しの沈黙ののち、亜子が幸吉に返したのは、冷ややかな眼差しだけだった。

「ご、ごめんなさい……調子に乗りすぎました」

「社長、そういうの、本当にいらないんで」

深々と溜息をつく亜子の表情は、疲れているようにも見えるし、寂しそうにも見える。

怒ってはいなさそうだとわかって安堵したのか、幸吉の顔にはキツネのような笑みが戻る。

「いよいよ亜子ちゃんも、恋人がほしくなったかな？　ほら、誰かの帰りを待ったり、灯りのついた家に帰ったりするのって憧れたりしない？　まあ、一緒に同じ家に帰るっていうのもさ、素敵だけど」

幸吉はへこたれず、亜子にさりげなくアピールする。けれど、これもまたいつものように、亜子にはまったく伝わっていなかった。ストレートに言いたいことを言うとセクハラになるし、やんわり言うとまったく伝わらないのが、幸吉の目下の悩みだった。自分のやり方が悪いのか、どうにも真剣に受け取ってもらえない。

「恋人がほしいとは思わないんですけど、最近はテレビとかで猫とか犬とか見ると、モフモフな生き物に癒やされたいなあっていう気持ちにはなりますね。だからまず、ペット可の部屋に引っ越さないといけません」

「えー……」

あまりの伝わってなさに、幸吉の心がちょっと折れそうになる。でも、すぐに気を取り直し、キリッと表情を引き締めて続ける。

「可愛い生き物かあ。亜子ちゃんはキツネ派？　それともタヌキ派？」

「何ですか、それ。普通、犬派か猫派かを聞きません？　それにキツネ、マンションでは飼えませんよ。危ないです。エキノコックス問題もあるし」

「無駄に詳しいね……」

亜子の容赦のない返しに、幸吉はぐったりとしてきた。もし頭の上に耳や尻尾がついていたら、きっと力なく下を向いていることだろう。

「でもさあ、亜子ちゃん。婚期を逃したくないならペットやマンションには手を出すなって言うよね」

悔しまぎれに幸吉は追撃する。それを聞いた亜子は、特に気を悪くした様子もなく笑い飛ばした。

「社長、またそんな意地悪言って……。それなら、私はどんどん婚期を逃すことを実践していくことにします。そんなに意地悪を言うってことは、いざとなったら社長が責任とってくれるんでしょうから。じゃないと、私も美奈みたいに妖怪・嫁ぎ後れを写真に撮っちゃうかもしれませんよー」

そのときの亜子は、ちょっぴりいたずらっ子な顔をしていた。でも、それに幸吉が気づいたのは一瞬遅れてから。

「……え？　どういうこと？」

「さあ、仕事仕事。終業時刻までに、お客さんが来るといいんですけど」

わからない様子の幸吉を放置して、亜子は机に向かった。

ネコマチパレス騒音の怪

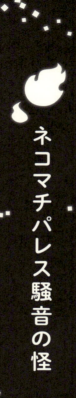

十一月。すっかり秋も深まって、遠くに見える山はもう色が変わっている。

井成不動産の前にも、どこからか飛んできた木の葉が吹き溜まるため、亜子はここ最近、出社してくるとすぐ掃除をすることにしている。

毎日毎日、結構な量の落ち葉が集まる。それを見て亜子は焚《た》き火で焼き芋、なんて考えるのだけれど、「場所がないし、いまどき火なんてつけたら消防車か警察を呼ばれるよー」と幸吉に言われてしまった。だから仕方なく、亜子は捨てるためだけに落ち葉を集める日々だ。

「社長、戻りましたー」

「おかえり、亜子ちゃん。コーヒー飲む？」

「いただきます」

用意していたらしく、幸吉はすぐに給湯スペースからマグカップを手に戻ってきた。入社してすぐにやっていたような意地悪は、もうしなくなっている。ここしばらくの幸吉は、意地悪よりもセクハラギリギリの発言をして怒らせるほうが楽しいようだ。

「社長の淹れるコーヒーは本当に美味しいです。そのままでも、ミルクや砂糖で甘くしても。んー、冷えた身体にしみるぅ」

マグカップを両手で包み込むように持って、亜子はしみじみと言う。そんな亜子を満足そうに、穏やかな笑みを浮かべて幸吉は見ている。

「そんなに好きなら、いつだって淹れてあげるのに。目覚めてすぐのコーヒーなんて、一度習慣になったらやめられなくなるよ？」

幸吉の軽口を、亜子はジトッとした目で見るだけで止めさせた。ずいぶんと耐性がついてしまい、こうして受け流すことも増えたのだ。

「私、どちらかと言うと紅茶党ですし、朝は絶対にオレンジジュースがいいんです。……と、電話だ」

新たな会話の糸口だ、と幸吉が口を開こうとしたとき、タイミング悪く電話が鳴ってしまった。仕事中なのだからタイミングがいいも悪いもないのだけれど、幸吉はあきらかに残念そうにしている。

「お電話ありがとうございます。井成不動産です」

『お世話になってます。あの、私、ネコマチパレスの四〇五号室に住んでいる牧野《まきの》と申します』

「あ、はい。お世話になっております」

ねこまち、と聞いて亜子の頭の中ではすぐに別の町名に置き換わった。その可愛らしい町の名は、ずいぶんと昔に区画整理事業に伴い変更されてしまい、すでに失われている。それでも、地元の人たちには相変わらず愛着を込めて猫町《ねこまち》と呼ばれているのだ。このマンション名も、その名残だ。

『今日は、ちょっとご相談したいことがあってお電話したんですけど』

「どうされましたか？」

亜子はネコマチパレスの管理ファイルを開いた。井成不動産が家賃管理まで任せされている物件のひとつなのだけれど、それ以外にも何かあったような気がするのだ。

『それがですね……ここ最近、ちょっと物音がひどくて、それでどうしようかと』

「物音ですか。お隣からですか？」

『いえ。はっきりしたことは言えないんですけど、隣じゃないみたいなんです。たぶん、上か下かだと思うんですけど』

「上の部屋か下の部屋か……あ」

牧野さんに言われて入居者の名簿をチェックして、ようやく亜子は思い出した。ネコマチパレスとは、田沼が住んでいるマンションだ。そして、牧野さんの下の階に住んでいるのが、田沼だ。

「物音は、一度気になり始めると参ってしまいますよね。音がしだしたのは、いつくらいからですか？」

亜子の中では、騒音の犯人は田沼で決定だった。たしか彼は、バンドでドラムをやっていると言っていた。もしかすると、ドラムセットを部屋に置き始めたのかもしれない。

『一週間くらい前からですかね。もう少し前だったとしても、一ヶ月は経ってません』

「もしかして、ドラムっぽい音ですか？　何らかの、楽器の音だったりとか」

「いえ、そういった音楽のリズムのような規則性のある音ではなくて、誰かが大騒ぎしている音のように感じます」

「そうですか……」

亜子の予想に反して、騒音はドラムの演奏ではなさそうだ。だからといって田沼の部屋が発信源ではないと決まったわけではないけれど、断定もできなくなった。

「わかりました。とりあえず全室に生活音に関してご配慮いただけるよう、文書を作成して配布しますので、それで様子を見てもらえますか？　改善しない場合は、またご相談ください」

『すみません。よろしくお願いします』

ひとまず電話を切って、亜子は「うーん」と考え込んだ。騒音問題は、すごくデリケートなのだ。苦情がどこから出たかがバレるのがまずいのは当然のこととして、注意の仕方を間違えれば新たなトラブルを生むということも懸念される。だから、田沼にガツンと注意して終わりならどんなに楽だったろうと思ってしまった。

「亜子ちゃん、何かお困りごと？」

電話を切ってから頭を抱えている亜子を見て、幸吉はそう声をかける。

「はい。ネコマチパレスにお住まいの方から、騒音に関するご相談を受けたんです」

「ネコマチパレスだって!?　それ、犯人は田沼のタヌキ野郎に決まってるよ！　あのポンポコリン以外にうるさい存在なんていないって！」

最初は亜子を心配していた幸吉だったけれど、ネコマチパレスの名を聞いた途端、血相を変えた。

「社長って、田沼さんのこと嫌いですよね……」

「好きなもんか！　あんなタヌキ！」

「ですよね。まあ、わかりますけど……」

亜子は、家賃を回収しに行ったときの諸々を思い出し、げんなりした。でも、それを幸吉に知られると面倒なことになるということも、しっかりわかっていた。

「とりあえず、文書を作成して、エントランスの掲示板に貼りだして、各部屋にも投函しときます」

田沼の話をそれ以上掘り下げさせてはいけないと、亜子はほどほどにして打ち切った。

「げっ……暴力女。何の用だよ」

訪ねて行った亜子に対しての田沼の第一声はひどいものだった。いつぞやのボディブローは、まだ効果があるらしい。喧嘩腰になるまいと決意してきた亜子だったけれど、田沼の非友好的な態度に、早くもその決意が揺らぎそうになる。

「お忙しいところすみませんね。今日は、ちょっと物音に関することでお聞きしたいことがあってきたんですけど……」

亜子はまだ騒音の発信源がこの部屋なのではという疑念を捨てきれていなかった。バンドマンが住んでいるのだ。偏見かもしれないけれど、疑うなというほうが無理がある。

「何だよ。俺がうるさいって言いたいのか？　でも、残念でした－！　部屋の一部を防音仕様にして、そこでしか楽器はやりません－！」

亜子はやんわりと切り出そうとしたのに、あくまで田沼は好戦的だ。それにはさすがに亜子も我慢ならず、必死に浮かべていた笑顔が消え去る。

「信じてねえな？　なら、見てみろよ」

「見ますよ！　私も、本当に田沼さんの部屋が騒音の発信源じゃないってわかってすっきりして帰りたいんで！」

お互いに鋭く視線をぶつけ合いながら、部屋の中へと入った。

「ほら、ここ。金かけて防音設備を整えたんだよ。ここで練習もレコーディングもするけど、迷惑になるような音は出てないはずだ」

田沼に案内されて連れて行かれると、たしかにリビングの四分の一ほどのスペースに人間がふたりほど余裕で入れそうな大きな箱のようなものがあった。パッと見は音楽準備室のようだ。

「今からドラム叩くから、その音がどのくらい響くか聞いてみろ」

そう言うと、田沼はその防音室のドアを開け、中に入った。それから、少し開けたドア越しに亜子に言う。

「じゃあ、よく聞いてろよ」

「あ……」

ドアが閉まった途端、ドラムを叩き始めたのだろう。中からリズミカルな音が聞こえてくる。でも、それは決して騒音と呼べるものではなく、生活音の範囲だ。これがうるさいと言われるのなら、掃除機や夜中の洗濯機の音のほうが響くだろう。

「うるさくないですね……すみませんでした」

これは素直に認めるしかなく、防音室から出てきた田沼に亜子はペコリと頭を下げた。

「いや、いいよ。お前も誰か住人に言われて調べにきたんだろ。大変だな」

素直に認めた亜子に対して、もう田沼も嫌な態度はとらない。でも、そうすると音の出所はどこなんだろうという疑問が湧く。

「やっぱりお隣さんなのかなあ。隣からじゃないように思えても、それはいろんな管に反響して伝わるからそういうふうに思えるだけで」

「隣はないんじゃないか。ここのマンション、それぞれの部屋が壁一枚でまんま隣り合うような造りにはなってないんだよ」

「そっか……たしかに間取り図を見たら隣室とは、対称な造りにはなってませんでしたね。まあ、音の問題って隣室より上下の部屋のどちらかって話、多いですもんね。私も今住んでるところ、上の部屋の方がわりと足音が大きい人で、慣れるまで気になりましたもん。……とりあえず、田沼さんじゃないのはわかりましたので、ほかの原因を探してみますね」

下の階の田沼でもなければ、隣の部屋からでもなさそうだとわかると、いよいよ困ったことになる。

「なあ、どこの部屋の住人から苦情が入ってるんだ？」

「えっと……四階の人です」

亜子は少しためらったけれど、騒音の主が田沼でないのなら、苦情が牧野さんからであることを明かしても問題ないだろう。それに田沼は妖怪だ。人間相手なら決して明かすことはないけれど、相手が妖怪なら何か役に立ってくれるかもしれないと亜子は考えた。だから、素直に「真上です」と指を差す。

「やっぱ上か。それさ、たぶん五階からじゃないかと思うんだよな」

「え？　五階ですか？　でも、ここの二階上のお部屋は空室なんですよね……」

「マジかよ……俺さ、妖怪だろ。人間よりも感覚が鋭いから、何かいるのはわかってたんだよ」

亜子の表情が、困惑から恐怖に変わる。でも、仕事中である今、怯《ひる》んでいる場合ではないと気を引き締める。

「すみません……何の気配かわかりますか？」

「いや……わかんねえ。妖怪じゃない気がするんだけど、人間でもない」

「え？　何ですか、それ……」

天井を見上げ、田沼は首をかしげる。真似して亜子も天井を見るけれど、何の気配も感じることはできない。

「妖怪じみた人間がどっかから忍び込んで住んでんのかもよ？　それならほら、警察の仕事じゃないのか？」

「それ、めちゃくちゃ怖い話じゃないですかー！」

田沼は亜子を和ませるために言ったのだろう。でも、それはあまりにも笑えない話だった。あくまで噂だけれど、お客さんを空室に案内したはずなのにそこに不法侵入した人間が住んでいた、などという話を以前聞いたことがあったのだ。

「オバケより、人間のほうが怖いってことも多いからね……」

田沼の不吉な言葉を背に、亜子はネコマチパレスをあとにした。

会社に戻った亜子は、幸吉に連れられて商店街の幸吉のお気に入りの定食屋に連れられて来ていた。

ここ最近、幸吉は昼食にいなり寿司を食べていない。「たまにすごく美味しい、すっごく特別ないなり寿司が手に入るようになったから、それは夕飯に食べたいんだよね」ということらしく、昼は少し趣向を変えたものを食べるようにしているのだという。

ちなみにその日は、おでん風の煮物の中に餅巾着や肉団子の巾着などが入った巾着づくし定食を幸吉は注文している。

「……ということがあったんです。怖いですよねー。誰かが勝手に住んでたらどうしましょうか……」

衣の部分が油揚げという変わり種《だね》のメンチカツ定食を食べながら亜子は、事の次第を幸吉に語って聞かせた。亜子の中ではすっかり、牧野さんを悩ませる物音は空室に勝手に住んでいる人間のせいということになっている。

それに対して、幸吉は箸を置いて考えるようなそぶりを見せる。

「どうなんだろうね。あそこ、オートロックでしょ。万能だなんてもちろん信じてないけど、勝手にどこかに住み着きたい人間が、オートロックをかいくぐって高度なピッキングを必要とする部屋を選ぶかな。泥棒なら、それだけの手間をかけるのもわかるんだけどね」

言われてみて、亜子ははたと気がついた。もっとセキュリティが低い空きアパートなんかを狙ったほうが、よほど現実的だ。

「それも、そうですね」

幸吉の冷静な意見に、亜子は少し落ち着きを取り戻した。

そして、そういえばネコマチパレスはディンプルキーというタイプの鍵を採用していることを思い出した。ディンプルキーは鍵の表面に深さや大きさの異なる溝を施してあるためコピーが難しいうえに、鍵を使わずに開錠するピッキングという犯罪行為がされにくいとされている。

「そういえば、その部屋なんだけど、オーナーさんが物置にしてるらしくて、うちじゃ鍵を預かってないんだよ」

「そうなんですか。それじゃあ、部屋に突入して真相解明というわけにもいきませんね」

亜子は、どうしようかと考えた。真相がわからなければ、これからも牧野さんは物音に悩まされ続けることになる。それは嫌だなと亜子は思った。できることなら、入居者には快適に暮らしてほしいのだ。

「大丈夫だよ、亜子ちゃん。オーナーさんに言えば鍵を貸してもらえるだろうから」

「それならよかったです」

「でもさ、亜子ちゃん……藪《やぶ》をつついて蛇を出す覚悟をしておいたほうがいいかもよ？」

「何がですか？」

何もわかっていない亜子に、幸吉は人の悪い笑みを浮かべる。久しぶりに、何か亜子に意地悪を思いついたらしい。

「その部屋は物置として使われている。それなのに、そこには何かの気配がある。物音を立て、下の階の部屋の住人を悩ませている……そこにある気配は、人間でもオバケでもないもの。そういった空き部屋や空き家を住み処にする、悪しきものたち……これの正体はわかるかな？」

「……ゴキブリー！　ネズミー！」

　幸吉の怪談じみた語り口に、亜子は絶叫で答える。そしてここが定食屋だったと思い出し、慌てて口を手で覆った。

　そして亜子は思い出した。人間よりも妖怪よりも、害虫・害獣のほうがよほど怖かったということを。

「社長のイジワル！　いいですもん！　犬飼さんについてきてもらいますから！」

　亜子はアッカンベーをしそうな勢いで幸吉に言い放つ。けれど、幸吉はこたえた様子もなく、より一層笑みを深くする。

「あ、亜子ちゃんが行ってくれるんだね。そっかそっか。僕が行こうかと思ってたんだけど、亜子ちゃんがそんなにやる気なら、お任せしよう」

「…………」

　嬉しそうにする幸吉を前に、亜子は言葉を失っていた。そして、この目の前のイケメン社長がたまにこういうどうしようもない意地悪をする生き物だったと思い出したのだ。

＊＊＊

「妙な話もあるもんだな」

玄関先で話を聞いていた犬飼さんは、難しい顔をしてそう言った。

その日、亜子はネコマチパレスのオーナーから、問題の空室の鍵を借りてきていた。そして、そこへ向かうため、同行を求めて犬飼さんの家へとやってきていたのだった。電話を持っていないため、犬飼さんに用があるときはこうして家を訪ねる必要がある。

「妙って、何がですか？　まあ、私にしてみたら何もかも妙ですけど」

一緒に行ってくれると言った犬飼さんをさっと腕に抱き、亜子は歩きだす。最寄りのコインパーキングまでの短い距離でも、人面犬である犬飼さんの姿を人に見られて騒がれないよう配慮したのだ。

亜子に抱かれてまるで普通の犬のように振る舞いながら、犬飼さんは小声で続ける。

「いや、その人が音に悩まされ始めたのはつい最近のことなんだろ？　無人の部屋に突然ゴキブリやネズミが湧くっていうのは考えにくいんだよ。マンションだったら、食い物や水を求めて人が住んでる部屋に出るのが普通だろうからな」

「言われてみたら、そうですね」

犬飼さんの指摘に、亜子は自分が幸吉にミスリードされていたことに気がついて歯噛みした。でも、少しだけ気持ちが明るくなった。

「それによく考えたら、ゴキブリやネズミに下の階の人を悩ませるほどの物音を立てられるはずないですもんね」

亜子は明るく言ったけれど、腕の中の犬飼さんは残念そうに首を横に振った。

「それが、そうでもない。お嬢ちゃんはネズミって言えばハツカネズミを想像してるのかもしれんが、クマネズミやドブネズミってやつはとにかくデカイからな。そうだな、ゴールデンとか言われるハムスターくらいあるんじゃないか。それが天井裏を走れば結構な音がする」

「えー……」

これから行く場所への不安を少しでもなくそうとしていたのに、犬飼さんから追加された情報に亜子は半目になる。けれど、行かないわけにはいかず、そのやる気のない顔のまま、犬飼さんを車に乗せた。

「お嬢ちゃん、クモやゴキブリが怖いのはわかるが、ネズミも嫌いなんだな。あいつら、可愛い顔してると思うんだがな」

後部座席でくつろぐ犬飼さんをミラー越しにチラ見して、亜子も考え込む。これまで脊髄《せきずい》反射で怖がっていただけで、なぜ怖いかまでは考えたことがなかったのだ。

「たぶん、突然出てこられるんじゃなくてゆっくり見る機会があれば可愛いと思う余裕があるかもしれないんですけど、ああいった戦闘能力というか生存能力があきらかに自分より高そうな生き物が勢いよく向かってくると圧倒されるんです……」

車を発進させながら、亜子はげっそりとして言う。

おそらく、以前犬飼さんの家の下見のときに体験したゴキブリやクモとの衝撃的な出会いを思い出したのだろう。

「お嬢ちゃん、難しいこと考えて生きてるんだな。本気で闘ったらお嬢ちゃんのほうが強いから、安心しな」

「ですかねー」

亜子は自分がネズミの大群と闘う図を想像して不安になった。一対一ならわからないけれど、集団だとやはり狩られそうな気がしてしまうのだ。

「そんなことよりな、これから行く部屋のことのほうが厄介だと思うぞ。藪をつついたら蛇じゃなくてゴミが出た、なんて展開だからな」

げっそりして車を運転する亜子に、犬飼さんは現実に引き戻すようなことを言う。

「ああ……ゴミで済めば、社長と相談して業者さんを入れます。それにたぶん汚部屋、ってことはないと思うんですよ」

亜子はこれから行く部屋のもうひとつの問題を思い出した。

オーナーのところに鍵を借りに行くと、ついでに頼みごとをされてしまったのだ。その頼みごとというのは、部屋の荷物を処分してほしいというものだった。

その部屋にある荷物というのは、オーナーさんの亡くなった叔母のものらしい。ほかに引き取る人もおらず、仕方なく引き取ったはいいけれど扱いに困って、まとめて空き部屋に放り込んでいたということだった。

「ようは遺品整理ですからね。まあ、まったく無関係な私がやったほうが感傷も何もなくていいのかもしれませんけど」

「うーん……大変だな。しかし、それって、不動産屋の仕事なのか？」

「……いえ、普通は、そういったことをなりわいとしている業者の仕事です。ただ、繁忙期のはずなのにわが社は暇で、時間はあるから引き受けてもいいかなって思っちゃったんですよね。断ってオーナーさんの心証を悪くしちゃうより、恩を売れないまでも悪く思われないのを選ぶほうがいいですから」

「なるほどな」

これから亜子がさせられる仕事を、犬飼さんは理不尽だと思っていた。けれど、意外にも亜子が大人としてきちんと意見を持っていたことがわかったため、それ以上何も言わなかった。

「とりあえず、ゴミ部屋ってのは免れたな」

部屋に入って、犬飼さんは安堵した。亜子以上に犬である犬飼さんは嗅覚が鋭いため、もしここがゴミだらけだったとしたらきついし、あまり戦力になれないかもしれないと危惧していたようだ。

「それに、いきなりゴキブリとかが向かってくるっていう展開でもなくて安心しました。いくら犬飼さんが追い払ってくれるっていっても、やっぱり嫌ですもん」

玄関で靴を脱ぎ、持参したスリッパに履き替えながら、亜子もひとまずホッとした。

「じゃあ、どこの部屋から見ていきましょうか」

問題のこの五〇五室は2ＬＤＫ。玄関を入って短い廊下を進み、右手に折れると洋室、まっすぐ進むとリビング、さらにその右奥に和室がある。

亜子はまず洋室から見ようかと考えていたけれど、犬飼さんは黙って先に歩いていってしまった。

「犬飼さん、どうしたんですか？」

「ちょっと静かにしてくれるか」

リビングに入った犬飼さんは、中央で足を止め、耳を澄ませるそぶりをした。今まで見てきたどんな犬飼さんよりも凛々しいその姿に、亜子は姿勢を正して黙る。そのピンとした耳や強張った身体から、少なからず犬飼さんの緊張が伝わってきた。

「たぶんな、この奥の和室の押し入れに気配がある。ただ、田沼ってやつの話通り、何なのかはわしにもわからんな」

「え……」

その言葉を聞いて、亜子にも緊張が走った。ネズミや遺品整理のことで気持ちをそらしていたけれど、真の問題に直面するときが来たのだ。

和室の引き戸は開いていて、部屋の中が覗けるのは助かった。リビングから見るかぎり、部屋の中はダンボールや本が足の踏み場もないほど積んであるだけで特に変わった様子はない。

「そんなに怖がらんでもいい。何の気配かわからんだけで、悪い感じは伝わってこんからな。家に入ったときから向こうにもわしらの気配が伝わっとるだろうが、悪意のようなものは発してない」

「そうですか。じゃあ……思いきって押入れ、開けちゃいますね」

犬飼さんの言葉に勇気づけられた亜子は、和室の中へと足を進めていった。

「本当だ……中から、何かの音がする」

ダンボール箱の間を縫うようにして亜子が押し入れの前にたどり着くと、何かの物音が聞こえた。それを聞くとやはり気味が悪いと思ったけれど、グッとお腹に力を込めて襖に手をかけた。

「よっと……お？」

襖を開けて、中から何か得体の知ないものが飛び出してくるだろうと亜子は身構えていた。けれど、その予想に反して何も飛び出してはこない。両腕を交差させて顔を守るようにしていた亜子は、その隙間から押し入れをうかがった。

「……音を立てていたのは、これだったのか」

亜子がそう言って見つめた先にあるのは、押し入れの下段にポツリとひとつだけ置かれた大きな木箱。中には古い道具ばかり——漆の椀や鉄瓶や色鮮やかな磁器、蓄音機や万華鏡など、歴史的価値があるようなないような、よくわからないものが入った箱だ。その古道具のいくつかが、ぴょんぴょんと跳ねるようにして音を立てていた。

「こいつは……古道具が変じたか」

犬飼さんが、その道具たちを見て呟いた。

「変じた……？　オバケってことですか？」

「いや。なりかけってとこかな。だから、わしも田沼も何の気配かわからなかったんだな。お嬢ちゃん、これはいわゆる、つくも神ってやつのなりかけだ」

わからない様子の亜子に、犬飼さんはつくも神について語って聞かせた。

つくも神とは付喪神とも九十九神とも書き、長い年月を経た道具などに神や精霊などが宿ったものとされている。九十九年という年月は厳密に考える必要はなく、とにかく長い年月が経ち、妖怪に変じた古道具はそう呼ばれるのだという。

「なりかけってことは、まだ妖怪じゃないってことですか？　それとも赤ちゃん？」

カタカタ動く古道具たちを前に、亜子は首をかしげた。正体がわかれば、もう怖くなったのだ。しげしげとよく観察している。

「赤ちゃんといえば赤ちゃんか。こりゃ、おそらく大正・明治か、もっと前なら江戸か。古いものにかぶれて集めたんだな。この持ち主が生きた時代のものじゃないな。でも、つくも神になるにはちと若い」

犬飼さんは道具たちをじっと見て、そう判断を下した。見ても古いこと以外、亜子にはまるでわからなかった。

「昼間はこの程度の暴れっぷりでも、夜になるとかなりうるさいんだろうな」

「それで、牧野さんは悩まされてたんですね」

「このまま放置すると、まだなりかけてもいないやつらも、影響されて動きだす可能性があるな……」

「えー……」

亜子はこの部屋のものが一斉に動きだすのを想像して、ちょっとうんざりした。いくつかの道具が動くだけでもうるさいのに、大運動会を開催されたのではたまったものではない。

「音に悩まされるのも気になるが、わしはそれよりもこの道具たち自身のことが気がかりだな……」

「気になるって？」

「まだはっきりとした自我も持たず、わけもわからず暴れまわっとるんだろうが、このままだといつかこいつらは壊れてしまう。道具はな、壊れてしまえばその命も終わりなんだ」

心配そうな犬飼さんの言葉に、亜子は、古道具たちを見つめた。無邪気に動けることを喜んでいるように跳ねている道具たちが、壊れて死んでしまうと思うと、胸がギュッと苦しくなった。

「私、この道具たちを連れ帰ってみます！　それで、社長にどうしたらいいか聞いてみようと思います」

死なせてしまうのは可哀想だと、ただその思いだけで、亜子はそっと古道具たちの入った箱を抱きしめた。

何か言おうとした犬飼さんは、亜子のきっぱりした物言いにそっと口を閉じた。心配そうな顔をしているけれど、「何かあったら相談に乗るからな」と言っただけだった。

＊＊＊

「それで、持って帰ってきちゃったのか」

亜子が抱えて帰った木箱入りのダンボールを見て、幸吉は冷ややかな口調で言った。いつも亜子に対して優しくやわらかい雰囲気を漂わせている幸吉とは、まるで別人のようだ。

「古物商にでも売っちゃいなよ。売却して発生したお金はオーナーさんに渡せば問題ないんじゃない？」

「え、でも、売っちゃったら、この道具たち……」

「亜子ちゃんのワンルームに持ち帰るわけにもいかないでしょ？」

ぴしゃりと言われて、亜子は言葉に詰まった。こんなふうに幸吉に突っぱねられるとは思っていなかったのだ。

ダンボールを抱えて帰った亜子は、幸吉に事情を話した。

騒音の原因は、押し入れの古道具だったこと。その古道具はつくも神になりかけているということ。このまま放っておいてもし壊れてしまったら、つくも神になれないで死んでしまうということ。

「わけもわからず暴れてますけど、それで壊れちゃったら、つくも神になれないらしいんです。だから……」

幸吉の心に届くように、亜子は必死になって訴えかける。でも、幸吉は冷たい表情のままで、亜子の言葉が響いた様子はない。

「それで？　つくも神になれなかったら何だって言うの？」

「えっと……可哀想です」

「何で可哀想？　まだ自我も持ってないただの道具だよ？　形あるものはいつか損なわれる。そういうものだ」

「そんな……」

幸吉の言っていることは正論だ。でも、あまりにも冷酷なように亜子には感じられた。

「……社長は、妖怪に優しいんだって思ってました」

裏切られたような気がして、亜子は悲しそうに呟く。けれど、幸吉は少し困ったように片眉をあげただけだった。

「別にボランティアをしているわけじゃないんだよ。それに、商売相手だって選んでる。僕はね、まっとうに生きようとしている妖怪しか相手にしないよ。その古道具たちは、まだどんな妖怪に変じるかわからない。悪いものになる可能性だってある。そんなものまでいちいち引き受けてたらキリがないよ」

「それは、そうですけど……」

「どうしてもその道具たちを売りたくないっていうのなら、亜子ちゃんが自分で何とかしなさい」

そう言って話を打ち切ると、幸吉は自分の仕事に戻ってしまった。取りつくしまもないとはこのことだ。亜子はどうしたらいいかわからず、とりあえず自分の席に着いた。

そして、これから自分がすべきことについて考えた。

幸吉の言う通り、亜子の部屋に持ち帰ることはできない。そんなことをすれば、今度は亜子や同じマンションに暮らす人たちが騒音に悩まされることになる。

かといって古物商に売ってしまうと、気味悪がられて捨てられてしまうかもしれない。そんなことになったら、壊れてつくも神になることができない。

「亜子ちゃん、つくも神はあとの時代になって物語の題材として取り上げられて親しみを持たれるようにはなったとはいえ、昔の人々には恐れられていたんだ。だから、『煤《すす》払い』といって新年を迎える前に古い道具を路地に捨てる風習があったんだよ。恐れられるには何らかのワケがあるんだってことを考えた上で行動したほうがいいよ」

亜子のほうも見ずに、幸吉はそう言った。突き放すような冷たい声に、亜子はよけいに悲しくなった。けれど、幸吉はわざわざ打ち切った話をもう一度したのだ。それにはちゃんと理由があると、そう亜子は考え直した。

「……わかりました。ちゃんと自分で考えてみます」

足元でカタカタと音を立てるダンボール箱を見つめ、亜子はそっと呟いた。

＊＊＊

こぢんまりとした庭をのぞむ縁側に腰かけ、亜子はホッと息をついていた。かたわらには、いつぞやの座敷わらしの千歳くん。千歳くんは亜子の横に座って、美味しそうにどら焼きを頬張っている。そんな千歳くんを見てニコニコしている高村さん。

「すみません。突然押しかけて面倒なことを引き受けていただいた上に、お茶までごちそうになってしまって」

ペコリと頭を下げる亜子に、高村さんは優しく微笑んだ。

「面倒だなんて、とんでもないわ。何だかね、孵化を待つ卵をもらったような気分で、とっても楽しいの。どんな妖怪さんが出てくるんでしょうねえ」

本当に楽しそうにしている高村さんを見て、亜子はいくらか気持ちが楽になった。

幸吉に「ちゃんと自分で考えてみます」などと言ったくせに、亜子は結局、高村さんを頼ってしまった。

最初は、古道具たちの置き場所を求めて、どこか空き家を貸してもらえないかと思っていたのだ。でも、事情を話すと、高村さんが住んでいる家の敷地にある蔵に置かせてくれると言ってもらえたのだ。

「私の家の蔵にも古い道具がたくさんあるから、その道具たちも影響を受けて動きだしたら楽しいわあ。幼稚園みたいになるわね」

「そうですね。……みんな、いい子になるといいんですけど」

幸吉に言われたことを思い出し、亜子は不安になる。古道具たちがつくも神として意志を持ったとき、それがいい性質のものかはわからない。もし悪いものがいて高村さんに迷惑をかけたらどうしようと考えると、まだ完全にホッとはできなかった。

「それは、僕がちゃんと先輩として教育するよ。僕のほうが断然お兄さんなんだからね」

座敷わらしの千歳くんが、餡子を口の端につけたまま、少し気取って笑ってみせた。

「そうですよ。千歳くんがちゃんとお兄ちゃんしますからね。それに私も、好き勝手に飛び跳ねて怪我をしないように、きちんと言い聞かせますからね」

「はい。よろしくお願いします」

高村さんの元に古道具たちを運んできて、彼らにはどうやら多少の言葉が通じるのだとわかった。

箱の中でカタカタ動いていた彼らに高村さんが「そんなに動いていたら痛い思いをするわよ。自分の身体は大事になさい」と声をかけると、ぴたりと止んだのだ。

だから、亜子はものは試しと思い、古道具たちにもうすぐつくも神になること、道具は形が損なわれたら死んでしまうことなどを語って聞かせた。高村さんほどうまく言えたようには思えないけれど、暴れたりはしなかったので、騒ぎだしたらその都度言って聞かせてみようということになった。

「本当に、高村さんが引き取ってくださってよかったです。私、あの道具たちを助けてあげたいって思ったのに、自分じゃ何もできなくて……」

「いいのよ。藤代さんにはよくしてもらってるし、困ったときはお互いさまよ」

「ありがとうございます。じゃあ、仕事に戻ります」

亜子は立ち上がって深々とお辞儀をすると、高村さんの家を出た。

これから会社に帰ったら、幸吉に報告をしなければならない。あまりいい顔をされないのは、わかっている。亜子は、結局人を頼ってしまったのだから。

幸吉が言おうとしていたことを、亜子は何となくではあるが今は理解できていた。幸吉は、自分の手に余ることまで後先考えずに引き受けてきたことを怒っていたのだ。しかもそれは、亜子の仕事の本分から逸脱している。

そのことに気がついたとき、亜子は自分のことが少し恥ずかしくなった。できもしないのに自分の正義を押しつけて、幸吉を責めてしまったことを。

「すみません、戻りました」

「お疲れさま」

また冷たい顔で出迎えられると思っていたのに、幸吉は笑顔だった。そのことに、亜子はすごく驚く。

「それで、古道具はどうしたの？」

「えっと……高村さんにご相談したら、蔵に置いていただけることになって」

「そういうことになるだろうってと思ったよ。でもまあ、及第点かな。投げ出さなかったのはほめてあげるよ」

「え……」

幸吉は、いつものような笑顔を浮かべていた。その顔を見て、亜子はどうしようもなくホッとする自分に気がついた。

「……不合格じゃないんですか？　だって、結局自分でどうにかできたわけじゃありませんから」

怒られるか相手にされないと覚悟していたため、亜子はどんな態度を取っていいかわからなかった。だから、まるですねているみたいになってしまう。そんな亜子を見て、幸吉はうんと優しい表情になる。

「可哀想に思って拾った子猫を世話できなくて、結局、里親を探すことになったって誰も責めないだろう？　それと一緒。ただ僕は、亜子ちゃんのその優しさは美徳だと思ってるけど、自分の手に余ることを引き受け続けてつぶれちゃうのが心配だったんだ」

「社長……」

幸吉の、その上司としての心配が嬉しくて、亜子は胸の中にじんわりと温かな気持ちが生まれるのを感じていた。普段はひょうひょうとしてふざけていても、こんなふうに亜子のことを見てくれているのだと思うと、感激してしまう。

でも、それで終わらせる幸吉ではない。

「ささ、その亜子ちゃんの優しさを僕にも。僕は今、すごく優しさに飢えてるよ。ほかの人にあげる余裕があるなら、ぜひ僕に」

そんなことを言って、幸吉は抱っこをねだるように両腕を広げてみせた。長身の、男の幸吉がそんなことをしたってちっとも可愛くない。そして、これは完全にセクハラだ。

亜子の胸に広がっていた温かな思いは消え失せ、その顔には冷ややかな表情が浮かぶ。

「私、今後は自分の手に余ることを引き受けるのはやめようと思うので」

亜子の中で上がったはずの幸吉の株は、こうして瞬く間に大暴落したのだった。

＊＊＊

ネコマチパレス騒音事件から少し経った、ある日の午後。

亜子が近くに建設中のマンションの資料を見ていると、カラランと来客を告げるドアベルが鳴った。

「いらっしゃいませ。あ、犬飼さん」

「よお、お嬢ちゃん」

接客カウンターと事務作業の空間を分けるパーティション越しにドアのほうを見ると、そこにいたのは人面犬の犬飼さんだった。

「今日はどんなご用ですか？」

犬飼さんのファンである亜子は、楽しそうに声をかける。こんなふうに親しみを持って接してくれる人間はめずらしいため、犬飼さんも嬉しそうだ。

「いや、用ってほどでもないんだがな。気になる噂を聞いたから、耳に入れておこうと思ってな」

「噂って、どんなのですか？」

お皿にミネラルウォーターを注いだものを犬飼さんの前に置きながら、亜子は尋ねた。お客さんにはお茶を出したいところだけれど、犬である犬飼さんにはお水しか出せない。

「それがまあ、いろいろあるんだけどな。ひとつは、犬を抱いた女の幽霊が出るって噂だ。何でも、人が住んでないような古い家やその近くに出るらしくてな。また、その抱いてる犬っていうのも気味が悪いんだよ。皮膚病か何かで顔の毛が抜けて肌色なんだと。別に何かするとかではないらしいが、とにかくいろんなところで目撃されてる。もしかしたら、死んでからの住み処を探してるんじゃないかとか、自分を殺したやつを探してるんじゃないかとか言われてる」

犬飼さんは喉を潤してから、そんなふうに語った。

低い声で淡々と語る口調のせいか真実味を帯びて聞こえ、亜子は震え上がる。

でも、怖いのはどうも亜子だけらしい。パーティションの向こうから幸吉の、こらえようとしたけれどこらえきれなかったというような笑い声が聞こえてきた。

「社長、何で笑ってるんですか?」

パーティションの向こうから出てきた幸吉は、口元を押さえ、笑いを必死にこらえている。そんな幸吉を、亜子は変なものを見るような目で見る。亜子にじっと見つめられ、幸吉はついに声を出して笑いだした。

「え、亜子ちゃん、わかんないの……?」

「何がですか?」

「その噂、亜子ちゃんと犬飼さんのことだと思うよ」

「え?」

「いや、だって、古い家に現れる、顔が肌色の犬を抱いた女の幽霊でしょ? それって、犬飼さんを抱いた亜子ちゃんのことだよ」

「えー?」

亜子の驚きように、幸吉はさらに笑った。

驚きが落ち着くと、亜子はとんでもない噂の当事者にされた上に、幸吉があまりにも笑うことに腹が立ってきた。

「わ、私、幽霊じゃないのに！　仕事してるだけなのに！　それに、犬飼さんは皮膚病じゃないし」

「亜子ちゃん、それって怒るとこなの？」

「まあ、たしかにわしは皮膚病ではないいな」

「人面犬を連れた不動産会社の女性社員がいるって噂が流れるよりマシでしょ？」

納得いかない亜子と犬飼さんを前に、幸吉は笑い転げていた。そんなに笑わなくてもいいだろうと、噂にされた当の亜子は頬をふくらませている。

「でもさ、『幽霊の正体見たり枯れ尾花』じゃないけど、怖がる必要がなくなってよかったじゃないか」

「そういう話ですか？」

「そういう話だよ。ところで犬飼さん、ほかにはどんな噂があるんですか？」

幸吉はひとしきり笑うと、華麗に話題を切り替えた。亜子がまだ怒っていることなどお構いなしだ。

面白くないという顔をしていた犬飼さんも、水を向けられて気を取り直した様子だ。

「ああ、それなんだがな。もうひとつ聞いた話は、ラップ音の響く家っていうやつだ。誰もいないはずの古民家なのに、中からドンとかバンとか、相当うるさいらしい。だからさ、かなり強い悪霊がいるんじゃないかって噂だ」

「え？　またつくも神とか」

亜子は怒っていたのも忘れ、犬飼さんの話に食いつく。

「いや、あのなりかけは鉄製品があったからあそこまでの音が出ただけで、普通はあんなにうるさくないよ……これは気になるな」

今度の話は、幸吉も真剣に聞いていた。幸吉の態度を見て、これはどうやら本当に怖い話らしいと亜子は緊張した。

「それでな、わざわざこの話をしに来たのは、その問題の家がお嬢ちゃんと一緒に行った家みたいだったからなんだよ」

「それってつまり、うちが預かってる物件ってことですか？」

ラップ音がする家に足を踏み入れていたなんてと、亜子は恐ろしくて自分の身体を抱いて震えた。霊感などはありはしないから何の問題もないのに、怖がるのだけは一人前だ。

「犬飼さん、それってどの辺りの家ですか？」

怖がるだけの亜子とは違い、めずらしく真面目な顔をして幸吉は話の先を促す。

「ほら、もうつぶれた、ちっこいスーパーの裏の家だ。青い屋根の」

「あの家ですか。……うーん、悪霊ねえ」

「そうなんだよな」

場所の特定ができると、幸吉は難しい顔で考え込む。幸吉の考えていることがどうやらわかるらしく、犬飼さんは同意するようにうなずいている。そんなふたりを見て、亜子は不安になった。

「……あの、もしかして、噂通りすごく凶悪なんですか？」

「んー。それをたしかめに行ってもらおうかな」

顔を青くする亜子に、幸吉はいつものニッコリ顔でそう告げる。それに対して亜子は、必死に首を横に振った。

「嫌です！　無理です！　ポルターガイストですよ？」

「正体見たり枯れ尾花だよ。どんなものが暴れてるのかたしかめて、ホッとしておいで」

「嫌ですー！　社長は私が悪い霊に取り殺されてもいいんですか!?」

「そんなことはさせない。それは約束する」

「じゃあ社長が行ってくださいよー！　言いだしっぺが行くべきだと思います！」

仕事中だというのに、亜子は完全に駄々をこねる子供になっている。このままでは何を言っても、嫌とか無理としか言わないだろう。そう思った幸吉は、必殺技を使う。

「でも、このままにしておくと、借り手が見つからず家主さんが困るんじゃないかな。紹介できる物件が減ると、いざ迷えるお客様が来たとしても救ってあげられないよ？」

「う……」

亜子の、プロとしてもプライドに関わる部分を幸吉が刺激すると、すかさず反応した。

「お嬢ちゃん、わしがついていってやるから。な？」

「……わかりました」

迷えるお客様だった犬飼さんにそう言われては、もう嫌だとは言えない。念を押すように幸吉に「行ってくれるね？」と尋ねられ、亜子はしぶしぶながらもうなずいた。

震える足で亜子は歩いていた。コインパーキングに車を停めて歩きだしてから、ずっとだ。怖さを和らげるために、犬飼さんのことをギュッと抱きしめている。

こんなところを誰かに見られたら、また変な噂をされるのではないだろうかと犬飼さんは思ったけれど、今そんなことを言っても亜子に考える余裕はないだろうと黙っていた。

「思うんだがな、お嬢ちゃん」

遅々とした足取りでも目的の家へと進んでいる亜子に、そう犬飼さんは声をかけた。

「たぶん、今から行く家に幽霊なんてもんはいないんだと思う。そんなもんがいたんなら、あの社長が行かせたりしないだろうからな」

「じゃあ、勝手に住み着いた猫とか、人間とかですかね？」

「猫はわからんが、人間ではないだろうな。さっきも言ったが、そんな危ないもんがいたら社長は自分で行くさ」

「そうなんですかね」

犬飼さんが言っていることがいまいちわからない亜子は首をかしげた。でもそのおかげで、気持ちが恐怖からそらされ、いつもと同じように歩けるようになっていた。

「まあ、とにかくこの家には、危ないもんがいるわけではないと思う。——何がいるかは、わからんがな」

話している間に、問題の家に到着してしまった。外から見たかぎりでは異常はない様子だし、音もしていない。斥候《せっこう》を務めるため、犬飼さんは亜子の腕から跳んで下りた。

亜子が鍵を取り出して差し込む前に、犬飼さんは器用に鼻で引き戸を開けた。

「……二階だな」

玄関先でじっと耳を澄まし、犬飼さんは物音を探った。亜子もそれにならって、神経を研ぎ澄ませた。

　すると、たしかに二階から何かを叩くような音が聞こえてきた。

　でもそれは、噂で聞いたような大きな音ではなかった。

「わしは二階にあがるが、お嬢ちゃんはどうする？」

　二階へと続く階段に足をかけ、犬飼さんは亜子を振り返った。少し迷って、亜子も一歩踏み出す。

「行きます。もう家に入っちゃってるわけですし、どうせなら正体を見てやります！」

「その意気だ」

　ふたりは並んで、階段を上っていった。

　それほど大きい家ではないため、階段を上りきるとすぐに襖に行き当たる。

「……この向こうだな。開けたら、すぐだぞ」

「わかりました」

　襖の向こうからは、相変わらず何かを叩くような音が聞こえてくる。ただし、でたらめではなく、リズムを刻んでいるようにも思える。

　ホラー映画などで聞くラップ音というのは、もっと乱暴で、無秩序な感じがするが、今聞こえてくる音はそういったものとは違っていた。

「――開けます」

宣言して、亜子はスパーンと襖を開けた。そして見えたのは、意外にも広い八畳ほどの部屋だった。

でも、何よりも亜子を驚かせたのは、そこにいたものの姿だった。

「あ、あんたは！　田沼さん！　何でこんなところにいるのよ⁉」

そこにいたのは、ネコマチパレスの住人、田沼倫太郎だった。騒音の正体が判明し、亜子は一気に殺気立つ。

「げっ！　暴力女……！」

田沼も叩く手を止めて、大げさに亜子から距離を取った。

「騒音の犯人は田沼さんだったんですね！　何で空き家に入り込んで漫画雑誌なんか叩いてるんですか？　部屋に防音室ありましたよね？」

田沼の手元にあったのは、背表紙以外の面にガムテープを貼った分厚い漫画雑誌だった。それをドラムのスティックで叩いていたらしい。

「……貧乏なのか？」

「貧乏だからじゃねえよ！　失礼だな！」

犬飼さんの容赦のないつっこみに、田沼は元気よく反論した。

「貧乏が理由でもそうでなくてもどうでもいいんですけど、不法侵入の理由を教えてください！」

相手がオバケでも幽霊でもないとわかると、亜子は強気だった。人差し指をビシッと突きつけ、亜子は田沼に迫った。

「ふ、不法侵入って……俺はただ、この家の中に同志の気配を感じて、魂が響き合って、セッションしにきてただけだ！」

「え？」

田沼の声に応えるように、天井でガタッガタッと物音が響いた。そしてバタバタと小さなものが走り回るような音が続く。

「おお！　そうだな！　こいつらに聞かせてやろうな！」

ラップ音に刺激されたらしく、田沼は漫画雑誌を打ち鳴らし始めた。そこにあるのは漫画雑誌なのに、ラップ音と合わさると、まるでドラムセッションのように聞こえてくる。

家の中に響いているのは、楽しげなパーカッションのリズム。驚きはするけれど、ホラーではない。むしろ楽しそうでさえある。

「だ、誰がいるんですか……？」

しばらくして、気が済んだのか音が止んだ。亜子は音がしていたほうに声をかける。

「姿は見せんだろうなあ。鳴家《やなり》とは、そういうもんだ」

「やなり？」

「こういう、家の中で音を立てる妖怪だ。そもそもあんまり姿は見せないもんだ」

「そうなんですか……」

犬飼さんに言われ、亜子は残念な気持ちになる。怖い妖怪でないのなら、ぜひとも姿を見たいと思ったのに。

「それにしても、悪い妖怪や悪霊でないことがわかって安心できましたけど、どうしましょうね」

楽しげな様子に水を差すのはどうかと思ったけれど、亜子はこれからのことを考えた。

「何だよ！　追い出す気かよ！　鳴家っちはいろんなところ転々として、やっとこの家にたどり着いたって言ってたのによ！」

「転々と？　ずっとこの家にいたわけではないんですか？」

「そうだよ。人が住んでる家で騒いだら迷惑がられるからな。鳴家っちもいろいろ考えて、それでここに決めたんだよ」

憤る田沼と、それに応えるように鳴る天井。どうやら、亜子に抗議しているらしい。空き家でも騒音がすると迷惑なんだけどなあと、亜子は犬飼さんと顔を見合わせた。

「……空き家から音がするから、噂になるわけだよな。よし。それならポンポコタヌキ、お前がここを借りて住め！　人が住んでるってんなら、ただのうるさい家ってことになるから、噂なんてそのうち立ち消える」

犬飼さんは少し考えてから、そんな提案をした。でも、何も知らない田沼は納得いかない顔をする。

「何で俺が？　それに、噂ってなんだよ？」

「最近な、この家がラップ音の聞こえるオバケ屋敷ってことで噂になってんだよ」

「えー？」

驚く田沼に、犬飼さんはこの近所での噂を話した。それによって、今後どのようなことが引き起こされるかという予測も。

今は、人間同士が交流をはかるためのツールが発達した。そのため、噂が出回る速度も速くなったし、その範囲も拡大された。この近所に留まらず、噂がもっと広範囲に広まれば、物好きな人間たちが押しかけてくるかもしれない。そうなれば、ドラムセッションだなんだと言っていられなくなるだろう。

「鳴家に悪気はなくても、やっぱ空き家から音がすれば、人間は妙だと思うんだよ。同じ妖怪のよしみで、お前が何とかしてやれよ。ここを練習スタジオか何かのつもりで借りればいい。もしくは、今住んでるところを引き払ってここに引っ越せ」

うんうんとうなずきながら犬飼さんの話を聞いていた亜子だったけれど、はたと何かに気がついた。

「あー！　なるほど！　田沼さんって、化けタヌキなんだ！　妖怪なのは知ってましたけど、タヌキってあだ名なんだと思ってました。……そっか、だからドラムかー！」

「ちげーよ！　お前、タヌキだから腹鼓に引っ掛けてドラムなんだとか思ったんだろ？」

亜子の妙な納得に、田沼はすかさずつっこんだ。でも、そうしてそれかけた話は犬飼さんによってすぐに軌道修正される。

「何でもいいが、この家を借りるのか？　借りないのか？」

有無を言わさぬその聞き方に、田沼は表情を引き締めた。犬飼さんの渋い顔ににらまれると、ふざけてはいられなくなる。

ふたりの間に漂う雰囲気の険しさを察知したのか、天井裏から小さな影が壁を伝い、田沼の元へと走り寄っていった。小鬼だ。子猫ほどの大きさの三等身の鬼たちが、転がるようにして田沼の足にすがりつき、心配そうにしている。

それを見て、亜子は何だか可哀想に思えた。小さな妖怪が、空き家でただ楽しく遊んでいただけなのに……と。

どうにかしてやれないかとまで考えかけて、すぐに頭を振る。

これでは、つくも神のときと同じだ。自分でどうにかできない問題を抱えてつぶれてしまわないかと心配だと、この前幸吉に言われたばかりなのに。

「あの、田沼さんのお部屋は防音対策をしたスペースがあるので、そこに鳴家たちを引き取ることはできませんか？　私から頼むのも変な話ですけど、お願いします」

「……わかった。鳴家っち、行くぞ」

頭を下げる亜子を見て、田沼は仕方がないというようにうなずいた。田沼が手招きすると、鳴家たちは彼の肩や頭に乗った。そして、耳元で何事かを訴える。

「うるさくして悪かったって。どうしても、自分たちだけの家がほしかったんだってよ。……じゃあな」

「あ、はい……」

出ていく田沼の姿はしょんぼりとしており、それを見て亜子は何だか可哀想になった。きっと、あの小鬼たちもしょげているのだろう。そう思うと、亜子は少し悲しくなる。

「お嬢ちゃん、気にすることはないんだ。人里で暮らすって決めた妖怪は、人のルールや生活に合わせなきゃいけねえんだから。それに田沼も、相手にするって決めたんなら、最初から家に連れ帰ってやってたらよかったんだよ。あいつはさ、たぶん、自分も寂しかったし、鳴家が寂しいのもわかってた。でも、一緒に暮らす踏ん切りはつかなかったから、ついついここへ足を運んでたんだろう。ドラムを持ち込んで叩いてなかったあたり、あんまりうるさくするのがよろしくないのは、わかってたはずなんだ」

亜子をなぐさめようとしているのか、それともただ説明してくれているのか。犬飼さんはそんなことをつらつらと話した。

それを聞きながら、亜子は人間と妖怪との共存について考えていた。

赤田さんや犬飼さん、そして田沼のように家を借りられる妖怪はいいけれど、そうでない妖怪はどうなるのだろうかと。

家を借りられない小さな妖怪が楽しく遊ぶことくらい、人間は許しておけないのかと。

「お嬢ちゃん、悲しそうな顔をするな。お嬢ちゃんは、わしらみたいなのが家を探しに来たときに親身になってくれたらいいんだよ。そのほかのことまで、引き受けようとせんでもいいんだ」

「……わかりました」

今度ははっきりとなぐさめる口調だった。

すっきりとしないままだったけれど、かといってどうすることもできなくて、亜子はうなずくことしかできなかった。

ホーム・スイート・ホーム

師走だ年の瀬だと言って世間が慌ただしくなる十二月。ガゴォーと大きな音が聞こえて、亜子は足を止めた。

ここは古い家が多い住宅街。空き家も多く、昼間でも静かなため、その音はよく響く。

亜子は、井成不動産が管理しているある駐車場からの帰りだった。最近無断駐車が多いということで、『契約車両以外の駐車禁止。無断駐車を見つけた場合、罰金一万円頂戴いたします』と印刷してラミネート加工したものを、敷地のあちこちに貼ったり、結束バンドでフェンスに取りつけたりしてきたのだ。

腕時計を確認すると、まだ遅い時間ではない。急いで帰る必要もないかと思い、亜子は音のするほうに足を向けた。

「あ、ここ、取り壊しちゃうのか……」

音は、重機のものだった。黄色い、キリンのように首の長い重機が、木造の家をバリバリと解体している。

その家は、亜子がいいなと目をつけていたものだった。古いけれど、外から見たかぎりでは状態がよく、庭も広そうだったから、改装可の物件として紹介させてもらえたらなあと思っていたのだ。でも、ご近所さんに聞いて回っても所有者の連絡先などがわからず、結局そのままになってしまっていた。

「もったいないなあ。趣がある、いいお家だったのに」

木屑と土ぼこりが舞うその解体現場を、残念な気持ちで亜子はしばらく見ていた。残念であると同時に、無性に寂しくもなる。

どんな家も、取り壊されたらそれっきりだ。この世界から、永久に失われてしまう。仕方がないとはわかっていても、その無常感に亜子の胸は少し痛む。

寒くなってきたからか、最近の亜子はすぐにいろいろ考えすぎて寂しくなるのだ。

それに、この前のなりかけのつくも神と鳴家のことも気になっているのかもしれない。犬飼さんは「部屋探し以外のことまで引き受けんでもいい」と言ってくれた。でも、たぶん今後も気になってしまうだろう。

幸吉を心配させないように、今の自分にやれることを頑張ればいいと、わかってはいるのだけれど。バランスの取り方が、まだ摑めていない。

朝起きて仕事をして、家に帰って寝るだけの生活がいけないのか。そう思って誰かと食事に行こうと考えても、美奈は転職したばかりの上、結婚が決まり忙しい。ほかの友人に久々に連絡を取ってみたら、軒並み合コンに誘われてしまった。

寂しいと言っても彼氏がほしいという気分ではない亜子は、友人たちの熱心なお誘いを今のところ断っている。

「寂しいなあ……」

また帰って寝るだけかと思うと、自然と溜息が出た。

そのとき、ふと視界の端を毛むくじゃらの子供くらいの背丈のものが横切った。刈り入れが終わったあとの田んぼに干された稲の束のような毛並みの隙間から、漆器のような赤い肌がちらりと見えた。

「あれ？　妖怪さんかな？」

急いでそちらに視線を向けたけれど、解体されている家から出てきたと思われるその妖怪は、あっという間にどこかへと駆けていってしまった。

「もしかして、住むところがなくなっちゃったのかなあ？」

気になって、あとを追おうかと考えて、亜子は踏みとどまった。幸吉に言われたことをまた思い出したのだ。何でもかんでも親切心で手を差し伸べていたら、いつか亜子がつぶれてしまうと。その言葉の意味を、亜子はきちんと理解しているつもりだ。

「……お家を探しに来たら、そのとき思いきり力になってあげればいいんだよね」

自分に言い聞かせるように呟いて、亜子は井成不動産へ戻ろうと歩き始めた。

「戻りましたー」

「亜子ちゃん、何かあった？」

事務所へ戻ると、パーティション越しにそんな声が幸吉からかかる。顔を見なくても声だけで元気がないのが伝わってしまったのかと、亜子は自分のわかりやすさに苦笑した。

「いいなと思っていた家が取り壊されるのを見ちゃいまして。それで、少し寂しい気持ちになってたんです」

「そうだったんだね」

嘘はついていないけれど、本当のことをすべて話したわけではない。でも、幸吉はそれには気がつかなかったようだ。ホッとしつつ、亜子は自分の机に戻った。

「あの辺り、雰囲気のいいお家が多いから貸し出しませんかって声をかけたいんですけど、家主さんの特定がなかなか思うように進まなくて」

「古い町だからね。住んでた人が亡くなって親族が家を処分することもあるし、どこか便利なところに引っ越してしまって、ご近所さんに新しい連絡先を知らせてないってこともあるだろうな。あ、でも昔の地図なら、住んでる人の名前がわかるかもしれないな」

思い出したというように幸吉は手を打って、亜子の背後を指差した。振り返ると、そこにはさびついた古いロッカーがある。

「あの、開けてもいいんですか……？」

亜子が用があるのは、その隣の棚だけだ。このロッカーは、以前、幸吉に「開けちゃだめだよ。というより、開ける必要もないし」と言われていたから、一度も開けていなかった。

「んー、本当はお勧めできないんだけど、昔の地図とか物件資料はそこに片づけてあるんだよね」

「片づけ……」

両開きの扉をガムテープで留めてある様子からは、中が片づいているという想像ができない。だんだんとガムテープが封印のお札に見えてくる。

「こ、怖いですけど、開けますね」

意を決して、亜子はガムテープに手をかけた。日に焼けて古くなっていたガムテープは、少し力を入れただけでペリッと音を立ててはがれた。

「わっ！」

持ち手を引き扉を開けると、ギュウギュウにつまっていた紙類が、雪崩のように勢いよくこぼれ出た。

「……ちっとも片づいてない。社長、整ってるのは顔だけですか。イケメンなら、整理整頓もできてほしいです」

　のしかかってきた紙束を払いながら、亜子は湧き上がる苛立ちをグッとこらえた。

「亜子ちゃん、僕の顔が整ってるとかイケメンだとか、そんな当たり前のこと言ってどうしたの」

　嫌味に気づかないのか無視してるのか、幸吉は嬉しそうにしている。それを見て、一度こらえた亜子の怒りは噴出する。

「このロッカー、汚すぎて腹が立つって言ってたんです！」

「そんなふうに怒られても、そこを散らかしたのは僕じゃないからなあ」

「じゃあ、一体誰がやったって言うんですか？　社長しかいないじゃないですか」

「僕じゃなくて、それはさ……田沼がやったんだよ」

　苛立つ亜子を前に、幸吉は渋面を作ってもごもごと言いづらそうにする。それを、言い訳ととらえた亜子の眉がつり上がる。

「何で田沼さんー？」

「え、俺？」

　亜子が怒りの声をあげたそのとき、カラランとドアベルが鳴った。

「え、田沼さん？」

慌ててパーティションの向こうを見れば、驚いた顔の田沼が立っていた。

「何だよ？　用があって来たんだけど……俺の話してたの？　いきなり名前呼ばれてめっちゃびっくりした」

「ここのロッカー、すごく汚いんですけど、社長に文句言ったら田沼さんがやったなんて言うんですよ」

「はあ？　何年前の話してんだよ」

「え？」

幸吉のつまらない言い訳を田沼の耳に入れてやろうとしただけなのに、予想外の反応が返ってきた。しかも、亜子の背後をにらみつけている。背中からも鋭い視線を感じることから、田沼と幸吉がにらみ合っていることに亜子は気づいた。

「――何しに来たんだ？」

「家賃。また遅れてたから直接払いに来た。あんたがいるってわかってたら、取り立てが来るまで待ってりゃよかった」

「遅れず払えばいいだけだろ。そんなこともできないわけ？」

自分を挟んで言い合う男たちに、亜子は震えた。

幸吉の口ぶりから、田沼のことを嫌っていることはわかっていたけれど、まさかここまで不仲だとは思っていなかったのだ。

「てか、そのロッカーが散らかってるのを俺のせいにしてるって、どういうこと？」

「田沼が辞めてそれっきりだから、田沼のせいで間違いないだろ」

「俺が辞めたあと、あんたが片づけたらよかったじゃん」

放っておけば、幸吉と田沼はいつまでも言い合いをしていそうな雰囲気だった。

「はいっ！」

最初は黙っていようと思っていた亜子だったけれど、だんだんと我慢ができなくなって、気がつけばビシッと手をあげていた。その様子は、引っ込み思案の子供が授業中に一念発起して挙手したかのようだ。

「あの、田沼さんって、ここで働いてたんですか……？」

亜子はとりあえず、一番聞きたいことを口にした。そこをはっきりさせなければ、ふたりの会話を何ひとつ理解できなかったのだ。

「……もう何年も前に、このポンポコリンはここで働いてたことがあったんだよ。なまじ顔がいいし口がうまいから、女性のお客さんにはウケがよかったんだけど、何せテキトーだからさ。それに何より、僕とはとことん気が合わなかった。こんなのを一時的とはいえ雇っていたことは、僕の恥だ……」

「気が合わなかったっていうか、俺があんたよりモテるのが嫌だっただけだろ？　男の嫉妬は見苦しいぞ」

「あ、はーい。もういいです。離れて、離れてください」

亜子の挙手によりほんの一瞬途切れた言い争いが、瞬く間に再燃しそうになった。だから亜子はボクシングのレフェリーのように、間に入ってストップをかける。

「それで喧嘩別れして、田沼さんが散らかしたロッカーも、触りたくないってことですか。……よくわかりました」

呆れつつも、亜子はこれでようやく幸吉と田沼の不仲の理由を理解した。いや、タヌキとキツネ顔の幸吉ではもともと、相性が悪いのかもしれない。

「もー、だったら私が片づけるしかないですね。どっちみち、探し物があったからいいですけど」

まだ何か言いたげな田沼から遅れていた家賃を受け取り、領収書を切りながら亜子は話をまとめた。

これ以上言い争いをされてはかなわない。ただでさえこれから、ロッカーから散らばったものの片づけをしなければならないのだ。時間を無駄にはできない。

本当ならロッカーを散らかしたという田沼とそのまま放置した幸吉に文句のひとつも

言ってやりたかったけれど、また喧嘩を始められても困るから我慢して、早々にお帰りいただいた。

気を取り直し、亜子はロッカーの中身に手を伸ばした。この中に入ってるのは、過去の取り引き台帳や契約書、領収書の写しなどのようだ。地図もあるのだろうけれど、何の法則性も計画もなく棚に突っ込まれているため、ひとまず発掘作業から始めなければいけなそうだった。

恨めしい気持ちで幸吉を振り返るも、ものすごい速さで電卓を叩いていて亜子の視線に気がつかない。田沼の訪問を忘れようとするかのような没入ぶりだ。

仕方なく、亜子は紙束を床に積み上げ、その種類別に分類していくことに決めた。

「これ、どこの資料だろう？　地図と鍵しか入ってない……？」

根気強く発掘および整理整頓を繰り返し、ようやくロッカーの中がましな状態になった頃、亜子はクリアファイルにぞんざいに挟まれている鍵と手書きの地図を見つけた。

地図を見るかぎり井成不動産の近くだけれど、まだ亜子が一度も行ったことがないエリアだった。

当初のお目当てだった、古い住宅地図も発見済みだ。でも、今はその地図よりもこのクリアファイルのほうが気になる。

「社長、このあとどこかに出かける予定はありますか？」

「ないよ。どうしたの？」

「見たこともない物件の鍵が出てきたので、現地に行ってきます。これなんですけど」

田沼が家主から預かってそのままなら、幸吉は知らない可能性が高いなと思ったけれど、亜子は一応尋ねた。案の定、幸吉はその手書きの地図を見つめても、まったくピンと来ないようだった。

「ごめん。わからないな。それに、何で地図が手書きなんだろうね。うちにある地図をコピーすればいいのに。……雑なやつの、雑な仕事ぶりってことか」

また田沼への悪態が始まりそうな気配を察知した亜子は、早々に口を開いた。

「預かりっぱなしもまずいですし、かなり近くみたいなんで、歩いて見て来ますね。お客さんが来たら電話ください」

亜子は、そう言ってさっさと事務所をあとにする。

地図に書かれている辺りは、古い家が多いエリアだ。もしかしたらすごい掘り出し物なのかもしれないと、亜子はワクワクしていた。これが紹介可能な物件なら、また家主さんに交渉して改装してもいいという許可をもらえるよう頑張ろうと思いつつ足を急がせた。

「この辺のはずなんだけど……あれれ？」

　手書きの、決してきれいとは言えない地図を頼りに、亜子は入り組んだ道を歩いていた。でも、目当ての家があると思われる場所にはわりと新しい家しかなく、首をかしげた。この辺りは古民家ばかりで、しかも人が住んでいない家が多いと思っていたのに。

「手入れが行き届いてるか、数十年前に建て替えられたのかな？」

　周りを歩きながら、亜子は家の様子を確認した。ピカピカというわけではないけれど、古民家と呼ぶほど築年数が経っているようには見えない。だから、建て替えられたのかと考えたのだけれど、何だか妙だ。

　まったく人の気配がないのだ。お目当ての家だけではなく、その辺り一帯が。

　一応、留守にしているだけという可能性も考え、念のため目的の家の元栓を確認した。鍵を不動産屋に預けたことを忘れて、家主さんが誰かにその家を貸してしまうということもあるという。そんなところに持っていた鍵で開けて入ってしまうと大問題になるため、物件の調査に来たときは細心の注意を払わなければならないのだ。

「やっぱり住んでる気配はないけど、何か変」

　元栓は、きっちりしまっている。ということは、今現在、誰かが住んでいる可能性はかなり低いということだ。

亜子は改めてクリアファイルの中を見た。何度確認しても手書きの地図と鍵のほかは何も入っていない。

駆り立てられるようにここへ来たけれど、この家は亜子が期待するような古くて趣あるものではなかった。

「あ、あれは……」

ふと、視界の端に取り壊されている家の近くで見た、稲束のような姿の妖怪がよぎった。あのときと同じように、走っている。なぜそんなふうに急いでいるのかが気になり、亜子は追いかけようとした。

でも、それをスマホの着信がさえぎった。

「……はい、藤代です。え？　苦情ですか……わかりました。すぐ戻ります」

電話は幸吉からで、助けを求める内容だった。電話越しでも、弱っているのがわかる。だから、亜子は急いでその場をあとにしたのだった。

幸吉のヘルプコールの内容を聞いた亜子は、苦情があったという駐車場へと急行した。

海の近くのとある駐車場の出入り口の邪魔になるところに、朝早くから釣り人のものと思われる車があって迷惑しているという。契約者のひとりからの連絡だった。

でも、井成不動産としてはその数分おきの電話のほうによほど困ってしまった。

とにかくその邪魔な車をどこかにやるまで電話をかけ続けようと思っているらしく、人あしらいがうまい幸吉すらをも疲れ果てさせていた。

亜子が現地に駆けつけ、違法駐車の主である釣り人を探して波止場を走り回っている間も、電話は鳴り続けていたらしい。亜子は何とか問題の釣り人を見つけ、説得して車を移動してもらうことに成功したけれど、見つからなければ自費でレッカー車を呼ぼうかと考えていたんだよ、と幸吉がボヤいた。

その後も一日、雑務というか珍事に追われ、結局亜子が幸吉に例の家のことを報告できたのは、いつもの終業時刻を過ぎてからだった。

「あの辺りにきれいな家？　えー、それはちょっと信じられないな。入り組んだ道だから、間違えちゃったんじゃないの？」

ヘロヘロになった幸吉は、そんなふうに適当な返事をしてくる。

悪質な人がいても大胆なやり方ができないうえに、民事ゆえに警察にも頼れないという今回のような面倒なことに、幸吉は疲れきっていた。だから、亜子の話にきちんと取り合う気力がなかったらしい。

「家主さんが誰かも、連絡先もわからないんでしょ？　もうそれ、放っておきなよ」

などと、不動産会社の社長にあるまじきことまで言い出した。

そのせいで、亜子はついむきになってしまった。

それで、仕事が終わってから再び、例の家を確認するために街灯の少ない細い路地を歩いていたのだった。

「あれ……？」

手書きの地図を頼りに慎重に歩いていくと、亜子はやはりあの家へとたどり着いた。

でも、昼間と違っていたのは、その家には灯りがともり、人の気配がしたことだ。

世の中にはガスを契約せずにカセットコンロで炊事し、銭湯に通うという人たちもいると聞いたことがある。

昼間、持っていた鍵で開けなくてよかったと、亜子はひやっとした。けれど、そうなってくると手元のこの鍵の扱いが問題となってくる。電話での連絡ができない以上、一筆添えて名刺と一緒に郵便受けにでも投函する、というあたりが順当だろうか。

そんなことを亜子が考えていたとき、ガラリと戸が開き、例の家から人が出てきた。

「えっと……こちらのお宅にお住まいの方ですか？」

「はい、そうですけど……？」

家から出てきたのは、半纏《はんてん》を羽織った青年だった。亜子と同じくらいの歳か、少し上だろう。不思議そうに見つめられて、亜子は慌てて名刺を取り出した。

「すみません、私、井成不動産の者です。以前、うちでこちらの鍵をお預かりしていたようなんですけど、そのときいただいたお名前もご連絡先も紛失してしまったようで、それで、直接確認に来た次第です」

「そうだったんですね」

「こんな遅い時間にすみません」

亜子は、名刺を受け取ってくれた青年にペコリと頭を下げた。

「いえ、こちらこそこんなお見苦しい姿を……あの、たまたま外に出たときにあなたがいたので……気にしないでください」

青年は自分の姿を確認して、そのあまりのラフさに恥じらい始めた。半纏の下は、くたびれた緑色のジャージだ。胸元にネームの刺繍があるということは、学生時代のものかもしれない。

「えっと、大したお構いはできませんけど、よかったらあがっていきませんか？」

「じゃあ、お言葉に甘えて……」

鍵を返さなくてはいけなかったし、無碍にもしにくかったから、亜子はその提案に応じることにした。

何より、その青年の柴犬のような人懐っこい顔で言われると、もう少し話してみたいなと思わされたのだ。というよりも、初対面にもかかわらず、離れがたさのようなものを亜子は感じていた。


「すみません。何もなくてお茶しかお出しできませんが」

「山田《やまだ》さん、そんな、お構いなく」

山田と名乗ったその青年は、亜子を居間に通すと、慣れない手つきでお茶を運んできた。

「すみません。玄関で鍵をお返しして帰ればよかったんですけど」

「そんなそんな。以前、家の者がお世話になったみたいですから。こちらこそ、鍵を預けたままなのを忘れてこうして住んでしまっていてすみません」

「鍵を預かっていた社員が辞めてしまったものですから、もしかしたら行きちがいになっていたのかもしれません……すみません」

そこまで言って、互いに謝ってばかりだと気がついて、山田さんと亜子は顔を見合わせて笑った。それをきっかけに、ずいぶんと打ち解けた雰囲気になる。

「不動産屋さんって、大変なんでしょう？　その、離職率も高いとか」

少し疲れている様子の亜子を見て、山田さんは心配そうに尋ねる。気遣われているのだと気がついて、亜子は慌てて笑顔を作った。

「そうなんですよ。実は私も、今の職場は二社目なんです。前の職場がその、典型的な不動産会社と言いますか、肌に合わなかったもので……でも、今の職場は基本的にゆったりと仕事ができているので、大丈夫ですよ」

「基本的にってことは、やっぱり今のところでも大変なことはあるんですね」

山田さんはクスッと笑って、亜子を見つめる。その笑顔は話の続きをさりげなく促しているようで、それを見て亜子は、「この人は聞き上手なんだなあ」なんて感心してしまう。

「もちろん、仕事なので当然、楽なことばかりではないんですけど。たまに信じられないくらい面倒なことが起こったりしますし」

そう言って、亜子はその日あった、駐車場騒動について語った。体験した亜子にしてみればものすごく大変なことでも、聞くぶんにはすごく面白いことらしい。山田さんは的確に相槌を打ちながら、楽しそうに聞いてくれた。

「この寒い中、車の持ち主を探して波止場を走ったんですね？」

「そうなんです！　釣り人が少なかったからよかったんですけど、寒いやら恥ずかしいやらで……」

「でも、藤代さんが波止場を走ってる姿、見たかったなあ」

「もー、面白がらないでくださいよ」

「ほかの話も聞かせてください」

山田さんは感じがよく、話していて楽しくて、つい亜子はいろいろ話してしまった。仕事以外で同年代の男性と話すのも久しぶりで、新鮮な気持ちがしたせいもある。

そうして、亜子はそのまましばらく、山田さんとのおしゃべりに興じたのだった。

＊＊＊

その日から亜子は、仕事が終わると山田さんの家に行くことが多くなった。

「こうして誰かと話すのは久しぶりだったから、嬉しかったです」

最初の日の夜、長く話し込んで亜子が帰るときに、山田さんがそう語ったからだ。身体があまり丈夫ではなく、祖父が遺した土地などの不労所得で暮らしているのだとさらりと言う山田さんのその言葉に、亜子は彼の孤独を感じ取った。

それでつい、気になってしまって間を空けずに遊びに行くようになり、ほぼ日課になりつつあった。

「亜子ちゃん、大丈夫？」

「……え？　何がですか？」

パソコンに向かって他社の物件をチェックしていると、ふいに亜子は幸吉にそう声をかけられた。

「何がって、最近、何かふわふわしてるんだよね。……好きな人でもできた？」

「そ、それは……」

幸吉の鋭い指摘に、亜子は焦る。〝好きな人〟という単語に山田さんの顔が頭に浮んでしまったからだ。

「まあ、というのは冗談なんだけど。寝不足だったりしない？　顔色悪いし、少し痩せた気がするんだよね」

幸吉にじっと見られ、亜子は自分の頬をむにゅっとつまんでみた。残念ながら、スリムになったというような嬉しい実感は湧かない。それに、寝不足ということも特にない。むしろとにかく眠たくて眠たくて、家に帰り着くと夕食もそこそこにお風呂に入ると、あっという間に寝落ちしている状態だ。

「別に、寝不足ではないですね。よく眠れてます」

「じゃあ、恋わずらい？」

「こ、恋わずらい!?」

「え……？」

いつものように「何言ってるんですか、社長」と返されると思っていただけに、亜子の過剰な反応を見て幸吉は戸惑った。その上、亜子の顔は赤くなっている。

でも幸吉は、怪訝に思いつつも、それ以上その話題に触れず、ただ心配そうに、亜子の様子を慎重に見守っただけだった。

＊＊＊

「亜子ちゃん、今夜久しぶりにご飯行かない？」

ある日の仕事終わり、幸吉はそう言って亜子に声をかけた。

町は年末とクリスマス一色で賑わっており、すっかり仕事納めの雰囲気になっている。

だから忘年会も兼ねて、と思って幸吉は声をかけたのだけれど、ここ最近ずっとふられっぱなしだった。

「すみません。今日も約束がありまして……」

はにかむように答える亜子を見て、幸吉は困ったように眉根を寄せた。

「もー、最近亜子ちゃんつれないなあ。でも、今夜はその用事が終わるまで待つからさ、ご飯行こうよ。食事の約束じゃないんでしょ？」

「それが、今日はご飯の約束で……」

そこまで言って、亜子の顔はボンッと音がしそうなほど真っ赤になった。それを見た幸吉は衝撃を受けフリーズした。その隙に、亜子は「お疲れさまです」と言って事務所を出ていってしまった。

事務所を出た亜子の足は、慣れた様子で路地を進んでいく。向かう先は、もちろん山田さんのところだ。

「明日は、うちでご飯を食べませんか？」

昨日そう誘われてから、亜子はすっかり浮かれてしまっていた。お茶をしたりお菓子を一緒に食べたりしたことはあっても、夕食はまだだった。

亜子が来るまでの間に、山田さんが何か作って待っていてくれるのだという。それが嬉しくて、亜子は一段とウキウキしていた。

そのとき、また近くをあの稲束のような妖怪が通りすぎた。「ほいほい」などと声を出して、わざわざ亜子の目の前を急いで走っているようにも見える。まるで、追いかけてくれとでも言うように。でも、亜子はその妖怪のことが、なぜだか気にならなくなっていた。

「お邪魔します。あ……すごくいい匂い！」

「いらっしゃい。おでんを作ってみました！」

玄関の戸を開けると、すぐに美味しそうな出汁の匂いが漂ってきた。台所で用意をしていたらしい山田さんは、亜子の気配に気がついて玄関まで飛んできた。その主人の帰りを待っていた犬のような姿に、亜子もつい笑顔になる。

「おでん、大好きです！」

「よかった。お酒もあるんで、ささ、食べましょう」

「はい！」

それからふたりは、居間で仲良く鍋を囲んだ。寒い中を歩いてきた亜子の身体に熱々のおでんはしみて、食べているうちに幸せいっぱいになる。

「おでんの具は、何が一番好きですか？」

「私は、大根と玉子が好きです」

「じゃあ、今度は大根と玉子をもっと多めにしないとな」

そんな何気ない会話すら嬉しくて、亜子は身体だけでなく心まで温かくなっていた。柴犬みたいな笑顔で山田さんが亜子を見ているのも、くすぐったいけれど幸せだった。

「もう年末っていう感じですね」

食べる亜子を微笑んで見守りながら、山田さんは言う。山田さんは自分が食べることよりも、食べる亜子をじっと見ていることが多い気がする。でも、嫌な気はしない。

「そうですね。もう若干、うちは仕事納めの雰囲気です」

閑古鳥が鳴いているもんなあと思って、亜子は苦笑いした。そんな亜子を見つめて、山田さんは唐突に姿勢を正す。

「その前に、クリスマスですけどね。そ、その……藤代さんのご予定は？」

「えっと……ないです」

照れながら意を決したというように山田さんに切り出されて、亜子も照れた。でも、山田さんが言ってくれなければ、自分から話題にしようと思っていたのだ。

「じゃあ、クリスマスも、一緒にご飯どうですか？　また俺、何か作ります」

「それなら、私はケーキを買ってきますね。この前食べた、駅前のお店の」

「やった！　楽しみですね」

まっすぐにキラキラとした視線を向けられて、亜子はますます照れた。その照れを隠すために、鍋に残っているおでんをどんどん食べていく。そんな亜子を、山田さんは満たされたような表情で見ていた。

お腹がいっぱいになり、お酒も飲んでいたため、ふわふわとどうしようもなく幸せな気分になって、亜子はそのうち眠くなってしまった。人様の家で眠ったらだめだとわかっているのに、睡魔にあらがえず、こっくりこっくりと舟をこぎ始める。

お酒を飲んだのも、思えば久しぶりだった。友人とどこかで食事をしても、車で帰る亜子は基本的に飲まない。そして、家で休日にひとりで飲むほど好きでもなかった。それなのに、その日は徒歩だったこともあり、飲んでしまった。

山田さんがタイミングよく勧めてくれるから、飲むのが楽しかったのかもしれない。山田さんはお酒が強いのか、いつの間にかコップが空になるほど早いテンポで飲んでいるのにちっとも顔が赤くならなくて、自分ばかり酔っているようで亜子は恥ずかしかったけれど。

「少し眠ってもいいですよ。ちゃんとあとで起こしますから」

自分が着ていた半纏をかけてくれながら、山田さんがそんなことを言うものだから、亜子はその言葉に甘えることにした。

「俺、藤代さんと一緒にいるの、すごく楽しいです」

夢うつつの中で、亜子はそんな山田さんの声を聞いた。すぐ近くで聞こえるその声に、耳元で囁かれているのだと理解した。わかった途端恥ずかしくなって、ドキドキして、亜子は完全に寝たふりをする。いつしかそれは、本当の眠りに変わっていった。

「このまま、ずっとずっと、一緒にいられたらいいのにな……」

山田さんの甘い甘い囁きを、亜子は聞いたような気がした。

＊＊＊

「亜子ちゃん！　亜子ちゃん起きて！」

激しく身体を揺さぶられ、亜子は目を覚ました。でも、何だか寒くて、身体が重くて、すぐには動けない。

「ああ、亜子ちゃん……こんなに冷たくなって……僕がもっと早くに気がついてあげられてたら……」

「……しゃちょ……う？」

亜子は自分を揺さぶり起こしたのが幸吉だと気がついた。そんなふうに優しく亜子を呼ぶ人を、亜子はほかに知らない。

「よかった！　本当によかった……大丈夫。そのままでいいよ。今、暖かいところに連れて行ってあげるからね。もう大丈夫。何の心配もないよ」

幸吉は冷たくなった亜子の身体を抱き上げた。

「……ここ、どこですか……？」

「どこって、空き家だよ。こうして見つけられたからよかったものの、このまま朝まで眠ってたら、死んじゃうところだったよ」

「え……」

幸吉の言葉に、亜子は改めて周囲を見回した。暗くてよく見えない——そう、暗くて狭いところに亜子はいた。ボロボロの、今にも崩れそうなすきま風が吹き込むオンボロの家の中に。

「どうして……？」

「亜子ちゃん、この家に取り憑かれてたんだよ」

「家に？」

「正確に言うと、家に憑いていたものに。古い家には、悪いものが憑くことがある。妖怪でもない、霊でもない、悪い念みたいなものが。言ってみれば、これが悪いつくも神だ。亜子ちゃん、寂しかったんだね……この家の寂しい思いと、亜子ちゃんの寂しい気持ちが共鳴しちゃったんだよ」

「…………」

ポツポツと街灯のともる道を、幸吉におぶわれながら亜子は言葉を失っていた。寒いのと眠たいのとで頭があまり働いていない。それでも、自分の身に起きたことは何となく理解できたように思う。

「……山田さんは、いないんですね」

「そんなものは幻だよ」

「……寒い」

あの柴犬のような笑顔も、一緒に過ごした温かな時間も、すべて幻なのかと思うと、亜子はどっと身体の力が抜けた。それと同時に、寒さと身体のだるさをより一層感じてしまう。

「くそ……コートを羽織らせたくらいじゃ暖まらないよな……この体は不便だ」

幸吉の苛立ちげな呟きを聞いた直後、亜子は日向のような匂いのするふわふわで暖かなものに包まれた。先ほどまで頬に感じていたのはスーツのジャケットの感触だったのに、今はモフモフしたものに顔をうずめているみたいだ。子供の頃、母親の持っていたキツネのファーに頬ずりしたときの感触に似ている。視界は閉ざされてしまったけれど、それは安心感をもたらした。絶対的に安全な場所にいるのだという感覚が、亜子を落ち着かせた。

「亜子ちゃん、寂しいのなら、一緒に暮らそうか。僕の部屋で」

初めて会ったときから、頑張り屋さんなところがいいなって思ってたよ。食べる姿が生き生きしてるのも魅力的だね。稲荷神社の掃除をしてくれるのも、手作りの美味しいいなり寿司をお供えしてくれるのも、すごく嬉しいんだよ。だから僕も、いつも美味しいご飯を食べさせてあげたい。飲みたいときにいつでもコーヒーを淹れてあげたい。寂しい思いなんて絶対にさせないからね――幸吉の優しい声で、口説き文句は続く。

それは、これまで一度も聞いたことがないような、真剣な声。日頃から、ちゃんとそれを聞かせてくれていたらなあと、嬉しく思いながら半分は呆れる。そして、何で社長がお供えしたいなり寿司の味を知っているんだろうと不思議に思った。

そんな亜子の気持ちは知らないで、幸吉は「添い寝もするし、お風呂だって一緒に入ろうね」などと、どんどんいつものセクハラ発言にシフトさせていく。

大きなものに包み込まれた絶対的な安心感の中でその声を聞いて、亜子はそのうち満足するように眠りについた。

頭の痛みを感じて、亜子は目を覚ました。もぞもぞと痛むこめかみを押さえつつ目を開けると、そこには見慣れない天井があった。

「……ここ、どこ……？」

「おはよう、亜子ちゃん。素敵な朝だね。はい、モーニングコーヒー」

ぼんやりとしていたところに馴染みの声が聞こえてきて、亜子はガバッと跳ね起きた。

「しゃ、社長っ！　何で!?」

コーヒーを手に現れた幸吉は、いつものスーツではなくスウェットのボトムスにシャツとカーディガンという格好だった。

そのラフな服装にも驚き、亜子の頭の中には様々な考えがよぎる。でも、身体にかけられていた毛布をめくってみると、ちゃんと服を着ている。そのことに、亜子はひとまず安堵した。

「……ここ、社長のお家ですか？」

「うん」

「私、どうしてここに？」

「あれ？　もしかして、覚えてないの？　ひどいな。昨夜はあんなに甘えてきたのに」

整った顔を切なげに歪めて言う幸吉に、亜子は内心で冷や汗をかいていた。そして、頭をフルに回転させ、前の晩のことを思い出そうとした。

「あ……そっか。昨日は寒い中で眠って死にかけていたところを社長に助けていただいて、それから……それから？」

「もちろん、熱い夜を過ごしたんだよ」

「……たぶん、それはないです」

たっぷりと考えてから、亜子はそう結論づけた。そんなことがあってたまるかという思いが八割だったけれど、残り二割は幸吉が紳士だと信じていたから。

「それで……結局、何だったのでしょうか？」

昨夜に至るまでのここしばらくの出来事を思い出し、亜子は頭を抱えた。

一体、どこからどこまでが幻だったのだろう。廃屋同然の家の中で目覚めたことは覚えているけれど、それが自分の身に起きたとは、まだはっきりと認識できていなかった。

「亜子ちゃんは、あの家に魅入られてたんだよ。たぶん、鍵を見つけちゃったときから。すぐに気がついてあげられたらよかったんだけど。ごめんね」

心底申し訳ないという顔をして、幸吉は言った。こういった真面目な顔は見慣れなくて、居心地が悪いと亜子は思ってしまう。

「あの、山田さんは幽霊で、私は取り憑かれていたということですか？」

「そうとも言えるし、違うとも言える。僕は亜子ちゃんが何を見ていたのかわからないから何とも言えないんだけど、幻を見ていたってことはたしかだよ。あの辺り一帯は古い、手入れのされていない家ばかりで、亜子ちゃんが言っていたような家はないからね」

「そうですよね……」

最初に行ったときに、亜子はちゃんと違和感を覚えていたのだ。家並みが新しすぎると、そのくせ人の気配がしないと、気がついていたのに。

井成不動産の近隣は、古い家ばかりで、通りを一本入ったくらいで新しい家並みが現れることなどないと、少し考えればわかるはずだった。それなのに、その違和感について深く考えようとしなかった。

「それに山田さん、全然食べたり飲んだりしてませんでした。……一緒にいると、頭がふわふわして、よく考えればわかることがここのところ、わからなくなってたんですよね……」

「生気を吸われてたんだろうね。亜子ちゃん、どんどん痩せてきてたし顔色悪かったもん。僕がもっと、気にかけてたらよかったんだ」

幸吉は責任を感じているらしく、ベッドのそばにしゃがみこんで亜子を見上げた。

きっかけは井成不動産にあった鍵だったけれど、のめり込んだのは亜子の意志だ。だから、上司である幸吉にそんなふうに心配をかけてしまったことが、亜子は本気で恥ずかしかった。

「いえ、自己管理ができていなかっただけですから。……変なものに魅入られたのだって、心に隙があったからですし」

「隙といえば隙だけど、寂しいとか退屈だとか、人間がふとしたときに当たり前に抱く感情だって隙と呼べるんだ。そういった感情を抱かない人間なんていないんだから、仕方ないよ」

見抜かれていたのかと、亜子はハッとする。

たしかに亜子はここ最近ずっと、寂しいとか退屈とか思いながら生きていた。周りの友人たちのように積極的に変わっていこうとせずに、ただ現状に不満を抱いていた。

仕事中はそんなことを面に出さないようにしていたはずなのに、幸吉には知られてしまっていたのだ。

「あ、あの……帰りますね。急いで帰って、支度して、それでまた出勤してきます！ここから会社って、近いですか？」

いたたまれなくなって、亜子はベッドから立ち上がった。手櫛《ぐし》で髪を整え、スカートの皺《しわ》を払い、カバンの置いてあるところまで急いで移動する。

そんな亜子を驚いたように見ていた幸吉だったけれど、すぐにニッコリと微笑んだ。いつもの、キツネのような顔だ。どうやら、仕事のことに意識がいくほど亜子が立ち直ったことに安心したらしい。

「慌てなくていいよ。会社まで、徒歩一分もかからないから。というより、ここも会社と呼べるかな？」

「え？　……って、もしかして、ここ、事務所の上？　社長って、事務所の上に住んでるんですか？」

驚いて、亜子は部屋を見回した。よく見れば居住空間は広いワンルームタイプだ。そして、その形はそのまま事務所の形と同じだった。

「そうだよ。便利でしょ？　絶対に遅刻しないよ。どう？　亜子ちゃん、ここで一緒に暮らすっていうのは」

にんまりした幸吉の言葉を聞いて、亜子は昨夜、夢うつつの中で聞いた幸吉の声を思い出した。そして、ボンッと顔が赤くなる。

「無理無理無理無理です！　私、仕事とプライベートは分けたいタイプなので！　すみません！　自宅に帰ってまた出勤するので、少し遅刻します！」

先ほどまでとは違う恥ずかしさでいっぱいになった亜子は、そう叫んで脱兎のごとく逃げ出した。

この手のことで亜子が慌てるのを見るのは初めてで、幸吉は満足そうに微笑んで、その背中を見送った。

＊＊＊

「罰金一万円って、どのくらい効果があるのかなあ」

金網に結束バンドでラミネート加工された貼り紙を取りつけながら、亜子はふと考えた。こういった貼り紙はよく見かけるけれど、世の中から無断駐車はなくならない。ということは、そういったことをする人たちにとって、一万円は痛くも痒《かゆ》くもない金額ということだろうか。

あれから亜子は車で自宅まで戻り、シャワーを浴びて身支度を調えてからまた出勤した。いろいろな理由で幸吉と顔を合わせるのは恥ずかしいと思ったけれど、出勤すると細々とした仕事が待っていて、実際にはそれどころではなかった。じっくりと話をする間もなく、こうして外に出てしまった。

年の瀬が近づくと、どういうわけか無断駐車が増えるらしい。無断駐車を放置しておくと月極めで契約している人たちに迷惑がかかるから、こうして地道にコツコツと訴えていくのが大切だと幸吉は言っていた。

「一万円って、この辺の駐車場を普通に借りられる金額なのに。それに、デパートの中のケーキ屋さんでバイキングが軽く三回は食べられるよー」

本当は、もっと考えたいことはある。けれど、そのことは努めて思考の外側に追いやって、亜子は仕事を進めた。

井成不動産が管理している駐車場は、結構数がある。それらを効率よく回り、今日中に貼り紙をする予定なのだ。事務所からわりと近いため、徒歩で来ているのだけれど地味にきつい。

嫌がらせで火をつけられてもいけないから、ゴミも拾うよう言われている。

そんなわけで、考えごとをしている余裕がないのも事実だった。

「……あ、ここ」

次の駐車場へ向かう長い坂道の途中、亜子は一軒の家の前で足を止めた。

そこは少し前まで、古民家つきの土地として売り出されていたものだ。でも、〝売地〟の看板がなくなっている。売約されたのだろう。

つまり、この家は間もなく取り壊されるということだ。もったいないけれど、これも住宅地の新陳代謝だと思えば仕方がないことなのかもしれないと亜子は思う。

「ほいほい」

「え？　わっ」

亜子が家に見入っていると、ふいに誰かに声をかけられた。声がしたほうを見ると、そこには少し前に見た、毛むくじゃらの妖怪がいた。亜子の腰くらいの背丈のその妖怪は、毛の向こうからつぶらな瞳で亜子を見上げていた。

「ほいほい」

「あっ待って……」

妖怪は亜子に何か言うと、ぴょんぴょんと跳ねるようにして走り去ってしまった。その言葉の意味を尋ねる間もない。

「……もしかして、ついて来いってこと？」

そんなふうに感じたけれど、亜子はためらった。昨日の今日で、妖怪に自分から関わっていくのはどうかと思ったのだ。

でも、なぜか追いかけなくてはいけないという強い思いに駆られ、結局、亜子はあとを追うことにした。

「ちょっと……待って」

亜子は走り始めた。でも、長いこと急な坂を上っていたせいで脚はパンパンで、大した速度は出なかった。その上、妖怪は小柄なだけあって動きが素早く、あっという間に見えなくなってしまう。

「ひゃあっ！」

それでも踏ん張って走ろうとしたとき、ポキッと靴のヒールが折れた。その拍子に亜子の足首は変な方向に曲がり、グギッと嫌な音と感覚がした。

「痛い……どうしよう……妖怪、追いかけなきゃなのに……」

転んだことで混乱して、亜子は自分が今、何を一番にしなければいけないかがわからなくなってしまう。靴を脱いで足を引きずってでも追いかけるべきなのか。ひとまず事務所に帰るべきなのか……。

しばらく考えた亜子だったけれど、こんなときに頼れる相手はひとりしかいない。

『亜子ちゃん、どうしたの？　僕が恋しくなったの？』

会社に電話をかけると、すぐに幸吉は出てくれた。もしいないようなら携帯にもかけてみようと思っていたのに。ふざけたことを言っているけれど、亜子はその声を聞いてホッとした自分に気がついた。

「社長、ホシを見失いました」

この気持ちを隠したくて、気がつくと亜子はそんなことを言っていた。言ってから、「ふざけすぎだ！」と思ったけれど、電話の向こうの幸吉は笑っていた。冗談が好きな上司でよかった。こういうときは本当に助かる。

『ホシって、亜子ちゃんはいつから刑事になったの？ で、何を追ってるの？』

「妖怪です。前にも数回見かけたんですけど、今さっき、声をかけられました。何だか『ついて来い』って言われた気がして追いかけてたら、速すぎて見失ってしまって……。追跡を続けるべきでしょうか？」

スマホを握りしめ、亜子は妖怪が走っていった方向を見つめた。すごく気になる。見失ったばかりに、何か大変なことが起きたらどうしようかと、不安が湧き上がってくる。

『ふんふん。それ、どんな姿をしてる？』

「えっと、私の腰くらいの背丈で、毛むくじゃらです。それと『ほいほい』って鳴き声を出すというか、言ってました」

『ああー！ なるほど。それを早く言ってよ』

そこまで聞いて、幸吉はひとりで勝手に納得してしまった。「そっかそっか」などと言っている。

『それね、大丈夫だよ。〝倉《くら》ぼっこ〟っていう、いい妖怪だから』

「え……そうなんですか？」

可愛い姿をしてたよなあ、名は体を表すってこと？　と、亜子はその姿を思い出す。

そして、幸吉に「大丈夫」と言ってもらえたことで、不思議なほど気持ちが落ち着いていく。気になりはしたけれど、さっきまでのような急いで追いかけなければという気持ちは静まっていく。

山田さんの家の件も、違和感を覚えたときにもっとしっかり話しておけばよかったと、改めて後悔した。ここ最近忙しかったとはいえ、きちんと幸吉に話せば今回のように、すぐ山田さんが人間ではないとわかって、きっと事前に防げたことだろう……。

幻だとわかってからも、山田さんのことは亜子の中でしこりになっていた。幻だったからこそ、抜けない棘《とげ》のように、胸の一番やわらかい場所に残り続けている気がする。

山田さんには悪意があったわけではないと思う。

ただ、妖怪と人間では相容れない差というものがあるのだろう。亜子がこれまで出会った妖怪たちはたまたま、そういうタイプではなかっただけだ。いや、彼らのほうで人間のルールに合わせてくれていたとも考えられる。幸吉や犬飼さんが言うように、妖怪たちとは「家」という接点のみで亜子は関わるべきなのかもしれない。

少なくとも幸吉にちゃんと報告して、あの家に深入りすることがなければ、こんなふうな思いをすることはなかったのにと思うと、やるせない気持ちになる。そうやって胸の痛みを実感すると、ひねった足首がさらに痛んでくる気がした。

『ところで亜子ちゃん、今どこにいるの？』

「えっと……」

亜子は町名と、周辺の目印になりそうなものを幸吉に告げた。

『わかった。そこで待ってて。迎えに行くよ』

「え？」

『どっか痛いんでしょ？　声でわかるよ。じゃ、向かうからね』

そう言うと、幸吉は一方的に電話を切ってしまった。通話の終了したスマホの画面を見つめて、亜子はしばらく呆然とした。

電話で状況を報告したら、何とか自力で会社まで戻るつもりだったのに。

何とか少しは取り繕おうと、亜子は慌てて立ち上がって、転んでタイツの膝の部分やコートの肘の部分についた汚れを払った。

「お待たせー」

「え？　早くないですか？」

そうこうしているうちに、幸吉が到着してしまった。信じられない速さだ。亜子は驚いたけれど、そんなことに幸吉は構ってくれなかった。

「可哀想に。よし、運んであげよう。お姫さま抱っことおんぶ、どっちにする？」

「どっちも嫌です……」

事態を飲み込めていない亜子に、幸吉は究極の選択を迫る。どちらも恥ずかしいし、幸吉に負担をかけてしまう。

「じゃあ、聞き方を変えよう。何だかロマンチックな気分を味わえる運び方と、パンツが見えてしまっても僕が何のフォローもしてあげられない運び方のどっちがいい？」

「ええー!?　パ、パンツは守ってください！」

「わかった。ほい！」

一体どっちがどっちの選択肢かわからないまま選んだのだけれど、どうやらそれはお姫さま抱っこだったらしい。幸吉は軽々と亜子を抱き上げると、スタスタと坂道を下り始めた。

抱き上げられた瞬間から、亜子の顔は真っ赤になり、思考は停止していた。そんな亜子を見て、幸吉はひなたぼっこ中のキツネのごとく幸せそうな顔になる。

「あ、あの……倉ぼっこは、本当に悪い妖怪じゃないんですよね？」

無言で運ばれているのが恥ずかしすぎて、亜子は働かない頭で何とか話題をひねり出した。平気なふりをしたかったのだ。

「うん。むしろ逆。いい妖怪だよ。蔵の神様だとも言われてる。火事を知らせるという言い伝えもあるし、倉わらしとも呼ばれていて座敷わらしの仲間だとも言われているんだ。……いい妖怪かどうか、たしかめに行ってみようか」

「は、はい」

幸吉は亜子を抱えたまま十字路を曲がり、スイスイと坂道を上っていく。息が上がる様子もなく、重そうにするでもなく、倉ぼっこが向かっていた方向へ進んでいく。亜子が道を示す必要はなかった。

「倉ぼっこがいそうな古いお家なんて、限られてるからね。この辺りかな？」

亜子は途中で見失ってしまったのに、幸吉はまるで倉ぼっこの行く先がわかっていたかのように、一軒の家の前で立ち止まった。

それは、古い家だった。

苔《こけ》むした竹垣と松の植わった庭に囲まれた、二階建ての日本家屋だ。少し首を伸ばして竹垣の内側に目をやると、小さいけれど蔵があるのも見える。

放置され、傷んではいても、立派な家であることがわかる。手入れすれば、まだ十分住むことができると亜子は思った。

お姫さま抱っこをされているため、気を抜くと幸吉の顔があまりに近くにあることを意識しすぎて、息が止まりそうになってしまう。だから、自然と視線は家のほうに向けられる。

「倉ぼっこは、亜子ちゃんをここに連れてきたかったのかもしれないね」

「そっか……教えてくれたんですね」

「古いものには、悪いものが憑くこともあれば、倉ぼっこみたいな神様が憑くこともあるんだよ。亜子ちゃんは、そういうものと触れ合うことができるんだ。気をつけさえすれば、それは力になるよ」

「社長……」

幸吉の言葉は、亜子が気にしていた部分にぴたりと届いた。

山田さんとのことが棘のように胸に刺さっていたけれど、倉ぼっこのような出会いもあると幸吉は気づかせてくれた。

「……倉ぼっこって、誰にでも見えるわけじゃないんですね」

「もちろん。姿を見せること自体めずらしいことだよ。さあ、せっかく倉ぼっこが亜子ちゃんを見込んで教えてくれたわけだから、家主さんを特定して、賃貸物件にできるか相談してみよう」

「はい！」

亜子が少し元気を取り戻したのを確認して、幸吉は歩きだした。

「ねえ、遠回りしてもいい？」

しばらく進んでいると、幸吉がそんなことを言う。唐突な申し出に亜子は驚いた。長いこと抱えさせていて内心で腕の心配をしていたのに、帰路の距離をさらに伸ばすと言われれば、戸惑うのも当然だ。

「え、ええ？　何でですか⁉」

「可愛い亜子ちゃんと、もうしばらくこうしていたいから。お礼だと思ってさ、いいって言ってよ」

亜子が断れないよう、幸吉は先手を打つ。そんなことを言われてしまっては、亜子は嫌とは言えなくなった。

「で、でも、重たいですよね？」

「ちっとも。いやあ、役得役得。あ、でも恥ずかしくなっても目をつぶっちゃダメだよ」

「な、何でですか⁉」

「キスしたくなるから」

「……！」

真っ赤になっている亜子に対して、幸吉は平然としている。ニコニコしているけれど、照れた様子は一切ない。

そのことがすごく癪で、亜子は頬をふくらませてそっぽを向いた。

幸吉はいつも亜子をからかうのに、恥ずかしくなったり嬉しくなったり腹が立ったりするのは亜子だけだ。そういった諸々が、面白くないのだと亜子は今さらながら気がついてしまった。

「亜子ちゃん、何をすねてるの？」

「靴、気に入ってたのに壊れちゃったなって……社長、新しいの買ってくださいよ。これも必要経費ってことで」

正直に答えるのが嫌で、亜子は壊れてしまった靴を見つめて言った。それがわかっているのかいないのか、幸吉はまたクスクス笑った。

「えー。靴は贈り物にしたくないな。贈るものによって、実は意味があるんだよ。靴は『私の元から去りなさい』とかいう意味があるらしいから、だめだね。亜子ちゃんが遠くに行っちゃうもん」

「へえ、そうなんですか」

「そうだな。僕が亜子ちゃんに何か贈るなら、櫛がいいな」

楽しげに幸吉は言う。そういった雑学の知識がまったくない亜子は、わけがわからず首をかしげる。

「櫛にはどういう意味があるんですか？」

「とってもロマンチックだから、口に出して言うのは恥ずかしいなあ。それに、亜子ちゃんも恥ずかしいと思うよ」

そう言った幸吉の声がとてつもなく甘ったるくて、亜子は思わず幸吉の顔を見てしまった。けれど、そこにあるのは、何だかいたずらっぽい顔。不審に思って、亜子は眉間に皺を寄せた。

「……も、もしかして私、今日寝癖ついてます？」

そんなふうに尋ねる亜子に、幸吉は一瞬目を見開いたあと、大笑いした。あまりにも長いこと笑われてすねた亜子は結局、櫛を贈ることの意味を知り損ねてしまった。

「尾白地区って、どう思う？」

しばらく無言で歩いていた幸吉が、ふとそんな問いを口にした。そして、くるりと身体ごと振り返り、今まで上ってきた坂道を見下ろす体勢となる。

気がつけば、ずいぶんと坂の上までやってきていた。ここからなら、尾白の古い町並みを眺めることができる。

「いいところだと思います。絶賛開発中の若い町である小佐木地区とは違って、新しい物件は少ないんですけど、根強い人気があるのはやっぱり暮らしやすいからだと思いますし。私は、ここがすごく好きです」

幸吉の腕の中で尾白の町並みを見下ろし、しみじみと亜子は言った。

駅チカ不動産で働いていた頃も、尾白地区の物件への案内を希望するお客さんが結構いた。尾白地区は隣の小佐木地区と違って新しい物件は少ないため、賃料も抑えめの傾向にある。そのせいで戸塚のような売り上げをあげたい不動産社員にとっては不人気のエリアだったけれど、亜子は尾白が好きだった。

尾白に根ざした井成不動産で働き始めて、それだけではないと理解したけれど。

「亜子ちゃんがここを好きって言ってくれて、よかった。町の不動産屋ってさ、その町を好きな人じゃないと務まらないって僕は思うから」

「町を好き……たしかにそうですね。嫌なところだなって思ったら、お客さんに勧められませんもん」

「町も生き物みたいなものだから、活気がある場所もあれば、死にゆく場所もある。同じであり続けることはない。その変化に、不動産会社は付き合っていかなくちゃ。……長く長く見守っていきたくて、僕は不動産屋をしてるわけだから」

幸吉は、この町が好きなのだなと亜子は聞きながら感じていた。そして、この町の変化をこれまで見守ってきたのだろうとも理解した。

「見守るしかできないけど、できるかぎりいい方向に変わっていけるよう手助けしていきたいね」

「町を守るのも、不動産屋さんの務めですもんね」

「そうそう」

先回りして言いたいことを言われても、幸吉は笑顔だった。先回りできるほど、亜子が幸吉の志を理解していることが嬉しかったようだ。

町を守るのは、そこでひっそり暮らす妖怪を守ることにもなるだろうかと亜子は考えた。赤田さんのように人間のいるところでないと生きていけない妖怪もいるし、犬飼さんのように人のいる場所で暮らしたい妖怪もいる。だから、町を守ることは彼らの生活を守ることに違いないと。

「亜子ちゃん、この道は歩いたことあった？」

「いえ、ないです。こんなに坂の上まで来たのは初めてです」

「そっか。なら、景色を楽しみながら帰ろうか。いつかお客さんを案内することがあるかもしれない。しっかり道を覚えてね」

また身体を反転させると、幸吉は再び歩きだした。今度は坂を下っていくことになる。幸吉に呼吸の乱れや疲労は見られなくても、下りはさすがに膝にくるのではないかと、そろそろ亜子は不安になってきた。お姫さま抱っこが恥ずかしいなどという感情よりも、今は幸吉の膝が気になる。

「あの……社長、そろそろきつくなってきたんじゃないですか？　私、肩を貸していただけたら歩けます」

おずおずと、亜子は降ろしてくれるよう申し出てみる。幸吉は、きっと限界が来てもそれを言葉にはしないだろう。それだけに、もし無言できつそうな顔をされたら嫌だなと考えてしまったのだ。

でも、幸吉は笑って首を振る。

「だめ。申し訳ないって思ってるなら、今夜ご飯に付き合ってよ」

そういえば、ここ最近は幸吉と食事に行っていないことを亜子は思い出した。軽口を叩くけれど下心はなく、そしていつも美味しいものを食べさせてくれるから、亜子は幸吉との食事がまったく苦ではなかった。前の職場では、上司との食事なんて苦行以外の何物でもなかったのに。

「はい。それなら、最初に連れて行ってくださった、あの屋台がいいです。……あ」

あの甘いお揚げの味を思い出したのか、亜子のお腹が激しく自己主張をした。それを聞いて、幸吉はまた大笑いする。

「いいよ。今の時季なら、美味しいおでんも食べられるからね」

「やった！　早く夜にならないかなあ」

「それまでちゃんと、仕事してね。僕は亜子ちゃんの働き者なところと、この町が好きだって気持ちを買ってスカウトしたんだから」

「はーい」

静かな古い住宅地に、幸吉と亜子の笑い声が響く。

あとがき

こんにちは。猫屋ちゃきと申します。

この作品は「小説家になろう」で開催された、「第2回お仕事小説コン」に向けて書き下ろしたものでした。第1回コンテストの受賞作品を読み、私もぜひこのコンテストに参加したいと張り切って書いたものが幸運にも特別賞をいただき、加筆修正の末、こうして皆様のお手に取っていただけることとなりました。

「お仕事小説」というものを書こうと考えたとき、疲れていたり傷ついていたりする人が読んで、少しでも元気になれるものにしたいなと思いました。

そこで、主人公は疲れきって転職を考えている若い女性にし、業種は私もちょっぴりですが身を置いたことがある不動産業にし、大好きな妖怪をエッセンスとして加えました。そして、妖怪と同じくらい好きなキツネ顔のイケメンを主人公の上司にしてみました。

亜子が幸吉にスカウトされ、井成不動産で働くようになり、様々な人々（主に妖怪）と出会って、悩み、答えを見つけていく姿は、書いていて私も元気づけられることがありました。なので、この作品を読んでくださった方も、亜子の頑張る姿に少しでも元気になってくだされば と思います。

この作品が世に出るに至るまで支えてくださった関係者の皆様。生き生きとした幸吉と亜子を描いてくださったイラストレーターの六七質先生。応援してくれた家族や友人。そして本書を手に取ってくださった読者の皆様。

本当にありがとうございました。

これからも様々な物語を書き続けていきますので、またどこかでお会いできたら嬉しいです。

二〇一七年三月某日

春の予感に胸と鼻をむずむずさせながら

猫屋ちゃき

この物語はフィクションです。
実在の人物、団体等とは一切関係がありません。
刊行にあたり『第2回お仕事小説コン』特別賞受賞作品、
「こんこん、いなり不動産」を加筆修正しました。

■参考文献

『住まいと暮らしe-Books　VOL.3リノベ&DIYで手作りインテリア』（主婦と生活社）

猫屋ちゃき先生へのファンレターの宛先

〒101-0003　東京都千代田区一ツ橋2-6-3　一ツ橋ビル2F
マイナビ出版　ファン文庫編集部
「猫屋ちゃき先生」係

ファン文庫

こんこん、いなり不動産

2017年4月20日　初版第１刷発行

著　者　猫屋ちゃき
発行者　滝口直樹
編　集　水野亜里沙（株式会社マイナビ出版）　佐野恵（有限会社マイストリート）
発行所　株式会社マイナビ出版
〒101-0003　東京都千代田区一ツ橋2丁目6番3号　一ツ橋ビル2F
TEL　0480-38-6872（注文専用ダイヤル）
TEL　03-3556-2731（販売部）
TEL　03-3556-2736（編集部）
URL　http://book.mynavi.jp/

イラスト　六七質
装　幀　関戸愛＋ベイブリッジ・スタジオ
フォーマット　ベイブリッジ・スタジオ
ＤＴＰ　株式会社エストール
印刷・製本　図書印刷株式会社

 ISBN978-4-8399-6148-0
Printed in Japan

ファン文庫

喫茶『猫の木』の日常。

猫マスターと初恋レモネード

喫茶店にいたのは…猫頭店主!?
一風変わった猫まみれストーリー♪

静岡県の海辺、あさぎ町には世にも不思議なレトロ喫茶店『猫の木』があって…？　癒し系ほのぼのライフ！　小説投稿サイト「エブリスタ」の大人気作、待望のシリーズ化。

著者／植原翠
イラスト／usi

Fan
ファン文庫

おいしい逃走《ツアー》！　東京発京都行

謎の箱と、SA《サービスエリア》グルメ食べ歩き

著者／桔梗楓
イラスト／マキヒロチ

「第２回お仕事小説コン」優秀賞！
実在のご当地グルメが盛りだくさん♪

東京—京都間を逃げまくれ!?　スピード感あるドタバタ旅グルメミステリー！　装画は『いつかティファニーで朝食を』等を手掛ける漫画家・マキヒロチ氏。